S'NA'M LLONYDD I'GA'L!
1

Margiad Roberts

Argraffiad cyntaf: Awst 1987
Argraffiad newydd: Mehefin 2003

(h) *Margiad Roberts*

Cyhoeddwyd yn wreiddiol gan Lys yr Eisteddfod Genedlaethol;
Enillydd y Fedal Ryddiaith, Bro Madog, 1987.

Rhif Llyfr Safonol Rhyngwladol:
0-86381-836-6

Cynllun clawr: Siôn Morris

Argraffwyd a chyhoeddwyd gan Wasg Carreg Gwalch,
12 Iard yr Orsaf, Llanrwst, Dyffryn Conwy, LL26 0EH.
℡ *01492 642031*
🖷 *01492 641502*
✆ *llyfrau@carreg-gwalch.co.uk*
Lle ar y we: www.carreg-gwalch.co.uk

I

Nhad a Mam
Gwilym a Linor
Bryn Efail Isaf
Garndolbenmaen

5

Yn 1986 dim ond bron i 2%, 'b'allu,
o boblogaeth Cymru, oedd yn ffarmio.

Yda chi'n synnu?

Cynnwys

Malcylm 9

Dipio 20

Y Fuwch 28

Wyna 38

Concrit 47

Yr Ast 54

Gwyliau 63

Malcym

'Isio bod yn ffarmwr, ia?' gwaeddodd Ifor. Roedd swn tractors wedi difetha'i glyw ers blynyddoedd.

'Gynny fi ddim choice. Fa'ma neu Libfafi,' atebodd Malcym wrth dynnu ar ei sigaret yn cŵl.

Ond doedd Ifor ddim wedi aros i ddisgwyl am atab Malcym. Roedd o wedi diflannu i rwla, yn mwydro rwbath am droi rhyw feheryn at rhyw ddefaid, dôshio rhyw giât, weldio rhyw fuwch, injectio rhyw dractor a thrwshio rhyw oen.

Parciodd Malcym ei foped yn ymyl car rhydlyd Ifor, yn y garej, a gorffan ei smôc. Yr unig beth roedd o'n ei licio am gynllunia YTS oedd y teithio. Y gyrru i'w waith a'r gyrru o'i waith, ac roedd y moped yn mynd fel moto-beic! Lwcus fod gan ei Nain ddigon o fodd i fancio'i phensiwn bob wsos, neu'n ôl a 'mlaen ar fýs y byddai Malcym. Dim ond dau ddeg pump, tri deg oedd cyflog dyn ar YTS. Fedrai Malcym ddim disgwyl i gael bod yn hen. Roedd pensiwn i'w weld yn talu'n well o lawar. Ond wedyn tasa fo'n hen, fasa fo ddim yn cael gyrru moped! Edrychodd arno'i hun yng ngwydr y beic. Roedd y fodrwy yn ei glust yn gneud iddo edrach yn tyff! Yna edrychodd ar ei bymps newydd. Stwmpiodd ei smôc rhwng ei bympsan a'r concrit a cherddodd yn hamddenol at y cwt y gwelodd Ifor yn diflannu i mewn iddo.

'Dwfnod neis Mustyf Huws,' cynigiodd Malcym.

'Blydi-shafft-PTO!' damiodd Ifor a phoerodd gwreichion coch a glas yn gawodydd trwy'r drws.

Neidiodd Malcym gan ysgwyd y gwreichion odd' ar ei ddillad rhag ofn iddo fynd ar dân!

'Be 'dach chi'n neud, Mustyf Huws?' gofynnodd wedyn gyda dim ond ei dalcan yn sbecian rownd y drws.

Roedd y Ddynas YTS wedi pwyso arno i ofyn cwestiyna. Ond doedd o ddim am gael atab oherwydd rhuthrodd Mrs Huws ar draws yr iard yn ei slipas croen dafad, yn gweiddi fod rhywun eisio gair hefo'i gŵr ar y ffôn. Ym mhen pum munud go lew ar ôl i Ifor orffan malu beth bynnag yr oedd o'n trïo'i drwshio, aeth i atab y ffôn.

Aeth Malcym i nôl smôc arall o helmet ei foped ac i siarad hefo Mrs Huws a oedd yn ymlafnio i roi dwy gyfnas wen drom ar y lein ddillad.

'Dwfnod neis, Musus Huws,' tynnodd Malcym yn ddoeth ar ei sigaret.

''Mond gobeithio . . . sycha nhw . . . 'de, Malcym,' atebodd Mrs Huws yn fyr ei gwynt wrth godi'r cyfnasa.'

'Pam neith chi fynd â nhw i Londyfet?' gofynnodd Malcym yn fusneslyd.

'Gwynt yn rhatach, tydi Malcym,' a sythodd Mrs Huws y gyfnas ddwytha ar y lein. ''Mond gobeithio ca' nhw lonydd. Buwch ddoth ar 'u traws nhw ddoe!' ebychodd yn ddiymadferth.

Edrychodd Malcym ar y dillad claerwyn, llipa ar y lein yn siglo'n ôl a 'mlaen hefo'r gwynt. Dechreuodd feddwl am ei wely, y gwely cynnas y llusgwyd ohono y bora hwnnw. Dechreuodd deimlo'n gysglyd. Doedd ei ffrindia ddim yn gorfod dechra gweithio tan naw. Ond roedd o'n gorfod dechra am hannar awr wedi wyth! Dechreuodd ddifaru am nad oedd o wedi mynd i weithio i'r Llyfrgell. Ond wedyn fyddai o ddim yn cael cyfla i yrru dim byd yn fanno, dim ond trolis llyfra, a doedd 'na'm gêrs ar betha felly! Hannar awr wedi wyth tan bump. Doedd o ddim yn deg! Er, chyrhaeddodd o ddim tan chwartar i naw heddiw a doedd neb wedi sylwi!

Cafodd Malcym ddigon o amsar i sylwi ar yr iard tra roedd Ifor ar y ffôn. Ond ar ôl gweld yr holl lunia lliwgar yn y tunelli o *Farmers Weekly*, a gafodd gan Miss Price YTS, roedd o'n siomedig. Roedd o wedi disgwyl gweld peirianna mawr newydd o bob math yn britho'r iard. Seilos fel rocedi, siedia gymaint â chaea pêl-droed a chombeins gymaint â deinosôrs! Roedd o wedi ffansio'i hun yn gyrru combein. Y combein mwya oedd yn bod! Ond yr unig beth newydd a welodd Malcym ar iard Corsydd Mawr oedd rwbath tebyg i ffrâm drws ar wal y gorlan a hwnnw'n baent glas newydd drosto.

Brasgamodd Ifor o'r tŷ yn mwydro rhwbath am Gyngor Sir a lledu ffordd, a chorsydd! Roedd ei ddillad yn hongian amdano'n flêr a dim ond ambell fotwm ac un bachyn bregus yn eu cau. A doedd Malcym ddim yn gwybod p'run ai wedi neidio i mewn iddyn nhw ar goblyn o frys yr oedd o, 'ta wedi hanner neidio ohonyn nhw rywbryd yn ystod y bora! Welintons oedd am ei draed a'u hôl budr nhw ar deils coch y gegin. Aeth Mrs Huws i nôl ei mop dan regi.

Tynnodd Malcym yn braf ar ei sigaret gan feddwl ella bod Mr Huws am fynd yn ôl i'r cwt y daeth allan ohono. Ond erbyn i Ifor gyrra'dd yr iard, roedd o fel 'tasa fo wedi chwythu ei stêm i gyd. Cofiodd eiria'i wraig: 'Paid â gweiddi arno fo dwrnod cynta, Ifor . . .'

'Lle ma' dy welintons di?' gwaeddodd Ifor. Roedd o wedi anghofio sut i siarad heb weiddi!

'O, fi'n mynd i ca'l rhei gin Santa Clôs,' atebodd Malcym.

Ar ben ei hun ac iddo'i hun yr oedd Ifor wedi gweithio ers pum mlynadd ar hugain. Dyna oedd yn egluro pam yr oedd o'n wyllt, yn flêr, yn anghwrtais ac yn teimlo ei fod o mewn rhyw frwydr barhaus hefo anifeiliaid, tir, tywydd a phobol.

'Mi fydd lorri yma . . . hannar awr 'di deg . . . Bustych i mart,' mwmliodd Ifor.

'O cyn fi amhofio, Mustyf Huws. Ceith fi bwcio holides fi fwan?'

Ond roedd Ifor wrthi'n agor rhyw giatia yn y gorlan ac yn clymu rhai er'ill hefo llinyn bêl. Stwmpiodd Malcym ei smôc yn bwdlyd.

'Patant newydd sbon i ddal gwarthaig, yli,' broliodd Ifor wrth agor y Crysh glas, newydd yn barod i ddal penna'r bustych. 'Penna nhw'n sownd i ni ga'l codi nymbrs 'u clustia nhw,' ychwanegodd wedyn.

Ond doedd Malcym ddim yn dallt. Pregethodd Ifor am rinweddau'r Crysh newydd am ddeg munud solat, er mai heddiw fyddai'r tro cynta' iddo'i ddefnyddio. Roedd Ifor wedi darllan ac ystyried yn hir cyn ei brynu. Ond doedd dim dwywaith, 'tasa ond am ei olwg o, roedd o'n curo'r hen un yn racs! Roedd llwyddo i ddal pen anifail pedair coes yn yr hen un yn dibynnu'n llwyr ar amseriad y dyn a oedd yn tynnu'r rhaff ac yn wardio o'r golwg ar ei gwrcwd. Ond hefo'r un newydd, y bustach ei hun oedd yn cloi'r giât am ei wddw wrth ei gwthio ymlaen hefo'i sgwydda. Roedd y Crysh yn mynd i fod yn fendith i ddal anifeiliaid anystywallt, a fedrai Ifor ddim disgwyl i'w weld o'n gweithio!

Brasgamodd Ifor drwy'r baw yn yr adwy i'r cae, a sbonciodd Malcym o garreg i garreg ar ei ôl, yn ei bymps.

'Be ydi bustych, Mustyf Huws?' gofynnodd Malcym.

'Gei di weld!' ebychodd Ifor.

Cerddodd y ddau ar draws y cae cynta. Yn yr ail gae yr oedd y bustych.

'Pfyd ceith fi ddfeifio tfactof, Mustyf Huws?' gofynnodd Malcym wedyn.

Landrovers, ffarmwrs mewn body-warmers, het mynd-a-dwad a welintons glân . . . Oll ar dudalenna'r *Farmers Weekly*. A gyda'i feddwl ar ddarlunia o'r fath

13

yr oedd Malcym pan roddodd flaen ei droed mewn cachu buwch!

Cerddodd Ifor a Malcym i'r ail gae. Gorchmynnwyd yr ast i orwadd yn fflat fel crocodeil ar ryw le o strategol bwys yn y cae cynta. Toc cafodd Malcym ynta ei orchymyn. Roedd o i sefyll yn llonydd heb fod nepell o'r adwy yn yr ail gae. Beth oedd diban cael ast yn gorwadd ar y cae a phawb arall yn gorfod cerddad? Roedd hynny'n bysl i Malcym. Peth arall a'i poenai (ond nid yn fawr iawn) oedd fod Ifor yn mynd i hel deg bustach o'r cae i'r gorlan er mai dim ond pump oedd i fynd i'r sêl. 'Fyddai ddim yn well i'r pump arall aros yn y cae i gael bwyta mwy a mynd yn dew? Roeddan nhw'n edrach yn ddigon bychan ym mhen draw'r cae. Ond pan drodd Malcym ei ben yn ôl y funud wedyn, roedd cant a hannar o fustych gwyllt yn rhedag tuag ato a'r rheiny'n mynd yn fwy ac yn fwy wrth nesu! Roeddan nhw'n pyncio'u penna a'u coesa, a'u llygaid yn fflachio'n wyllt. Roeddan nhw'n mynd i'w LADD o!!

'Shwwwwwwwwwwwŵ!' sgrechiodd Malcym o flaen y deg bustach cyn sglefrio am ddihangfa yn ei bymps.

Ond erbyn iddo edrach dros ei ysgwydd o ben y clawdd, roedd y cwbwl wedi rhedag yn eu hola i ben pella'r cae. Dim ond tynnu coes oeddan nhw gwenodd Malcym a'i wefusa'n crynu.

'Gweiddi yn eu gwyneba nhw, y mwnci diawl!' gwylltiodd Ifor dan ei wynt. Ond doedd fiw iddo fo ddamio'r YTS ar ben clawdd, ar ei dd'wrnod cynta. 'Aros yn fan'na!' gwaeddodd ar Malcym.

Doedd Malcym ddim wedi dychryn cymaint ers ben bora pan stopiodd gyferbyn â giât lôn Corsydd Mawr i edrach faint oedd y pelltar ar gloc ei foped. Croesodd y ffordd fawr ond welodd o mo'r car gwyrdd ddaeth i'w gyfarfod. Cyrhaeddodd yr ochr arall o flaen y car a chododd ddau fys ar y ddynas! Datododd hannar dwsin o glyma llinyn bêl mewn llai nag eiliad tra'n edrach yn ôl yn nerfus dros ei ysgwydd. Tarodd ei ben-glin yn yr arwydd 'CAEWCH Y GIÂT!' Ond chaeodd o mohoni. Doedd ganddo ddim amsar!

Roedd Malcym wedi dechra cael llond bol ar ffarmio'n barod ac yn dechra meddwl fwyfwy am y Llyfrgell. O leia mi fyddai o'n gynnas ac yn sych yn fan'no. Roedd y gwynt yn ei frathu'n ddrafftiog trwy'i grys chwys brau. Ac am y tro cynta erioed roedd o wedi sylweddoli mor bwysig oedd ceffyl i gowboi, oherwydd roedd y gwlybaniaeth wedi dechra dod drwadd i'w sana! Roedd o jest â marw isio smôc. Ond roedd y rheiny'n helmet ei foped.

Bu'n rhaid i Ifor chwibanu ar yr ast i rowndio'r bustych yn y diwedd. Er, byddai'n well ganddo fod wedi peidio oherwydd roedd y bustych yn ddigon gwyllt heb i greadur bychan, milain ar bedair coes eu rhishio nhw.

'Rush? 'Ma Rush fach? Cer rownd! Cer rownd!' gyrrodd Ifor yr ast.

Cymrodd yr ast dro rownd y bustych a'u hel yn

daclus tuag at yr adwy gynta. Roedd y rhedag i ben draw'r cae wedi bod o help i arafu rhywfaint ar y petha hurt.

'Paid â symud!' gwaeddodd Ifor fel yr oedd Malcym ar fin neidio o ben y clawdd â'r bustych yn anelu at yr adwy.

Aeth y bustych i gyd trwy'r adwy ac i'r cae cynta. Doedd Malcym yn gallu meddwl am ddim byd ond smôc. Neidiodd o ben y clawdd i ganol crempog wlyb o faw gwartheg a sbonciodd ar goes ei drowsus a chyrlio i fyny ochra'i bymps! Cerddodd Malcym yn fwy gwyliadwrus am ychydig gama.

'Sefyll yn fan'cw!' gwaeddodd Ifor arno.

A theimlodd Malcym ei dd'wrnod cynta yng Nghorsydd Mawr yn ymdebygu fwyfwy i ysgol. Llusgodd ei draed at y giât.

'Gwatshiaaaaaaa!' gwaeddodd Ifor.

A phan drodd Malcym ei ben roedda nhw yno. Yn pyncio ac yn cicio yn fygythiol fel o'r blaen nes yr oedd glafoerion hir fel llinyna io-io yn diferu o'u cega a'u ffroena. Neidiodd i'r ochr! A thrwy ryw drugaredd rhedodd y cwbwl ar eu penna i'r gorlan yn hytrach nag yn eu blaena i lawr y lôn.

'Lwcus!' ebychodd Malcym oherwydd doedd ganddo ddim awydd rhedag ar eu hola i lawr y lôn ac i duw a ŵyr ble wedyn!

Dechreuodd Malcym redag i gau'r giât ar y bustych. Wel, o leia, dyna a feddyliodd Ifor yr oedd o'n ei 'neud. Ond dim hyd nes iddo weld Malcym yn pasio'r gorlan ac yn diflannu i'r garej y sylweddolodd Ifor nad cau'r giât oedd ar ei feddwl! Diflannodd y bustych allan o'r gorlan yr un mor sydyn ag yr aethon nhw i mewn.

'Jyst nôl smôcs fi . . . ' eglurodd Malcym pan ddaeth yn ôl allan o'r garej.

Ond erbyn hynny roedd y cowt yn orlawn, a chyfnasa gwyn Mrs Huws yn frownwyrdd hyll ac yn un cowdel o bibo o dan draed y bustych trwsgwl! Dal i sefyll yn ei unfan yr oedd Malcym. Ond roedd o'n nes at gael smôc rwan nag ar unrhyw adeg arall yn ystod yr awr ddwytha.

'Cer i nôl ffon, y lembo!' gwaeddodd Ifor yn gandryll ar Malcym, a gyrrodd yr ast i nôl y bustych.

Ond doedd honno ddim yn gymaint o fistras mewn lle mor gyfyng â'r cowt.

'Ty'd yma!' gwaeddodd Ifor ar Malcym wedyn.

Ond dim ond ar ôl gweiddi, waldio, rhegi a chyfarth gan Ifor, y wraig, a'r ast y gyrrwyd y bustych i gyd o'r cowt i'r iard. Gwyliodd Malcym yn synn gan godi ei ffon bob hyn a hyn.

Wrth fynd i'r gorlan at y bustych doedd gan Malcym ddim welintons, ffon na llawar o 'fynadd. Ond gwyddai pe byddai'n llwyddo i gael y bustych i'r Crysh, y byddai'n nes o lawar at gael smôc wedyn. Tynnodd y pacad o'i bocad yn barod.

'Cydia'n ben y giât 'na!' gwaeddodd Ifor.

Roedd Ifor, yn amlwg, yn gwybod pa bum bustach oedd i fynd i'r mart. Ond welodd Malcym erioed ddeg o betha mor debyg i'w gilydd. Roedd Malcym i agor y giât bob tro y gwaeddai Ifor ac y gyrrai fustach o'i flaen trwyddi. Ond wrth i Ifor gael traffa'th i anelu trwyn rhyw fustach at y giât, gwelodd Malcym ei gyfla i gael smôc! Hefo un llaw agorodd geg y pacad coch a gwyn a gwyrodd ei geg ato yn barod i dynnu un smôc allan hefo'i ddannadd.

'Agor!' gwaeddodd Ifor a sglefriodd Malcym gan golli ei draed a'i smôcs i ganol y fwtrin wlyb ar lawr y gorlan.

Rhedodd y bustach trwy'r giât agorad ond llithrodd yn ei frys nes taflu cawod o bibo dros ddillad glân Malcym.

Pan gaewyd y giât y tu ôl i'r pump bustach melyn yn y côr, roedd tasg fwyaf yr orchwyl fechan hon wedi ei chwblhau. Dim ond matar o roi ffon ar gefn y bustach cynta oedd hi rwan nes y byddai'n cerddad yn ei flaen ac yn rhoi ei ben yn sownd yn y Crysh.

Ond gwrthododd y bustach cynta roi ei ben trwy'r agoriad! Yn wir gwrthododd symud o gwbwl. Rhoddodd Ifor slaes sydyn, egr ar gefn y bustach dwytha gan obeithio y byddai hwnnw'n gwthio'r lleill yn eu blaena. Symudodd 'run ohonyn nhw flewyn. Dim hyd nes i Ifor hollti ei ffon bambŵ ar chwartar-ôl y bustach dwytha. Rhoddodd hwnnw hergwd i'r un o'i flaen, a'r un o flaen hwnnw i'r llall nes y cafodd y gwyllta ohonyn nhw i gyd gymaint o ddychryn nes y llamodd dros y rheilings a'r wal frics bum troedfedd, heb hyd yn oed edrach ar y ddyfais hynod o'i flaen! Diflannodd y bustach i lawr y lôn. Roedd hi'n bum munud ar hugain wedi deg.

Ceisiodd Ifor ymbwyllo ac meddai wrth Malcym:

'Paid â phoeni. 'Deith o ddim pellach na'r giât lôn.'

Bodiodd Malcym am ei smôcs!

Dipio

'Sgwn i be ma' nhw'n neud yn Libfafi fwan . . . '
meddyliodd Malcym a theimlodd ei hun yn dechra
mynd yn 'high' ar ogla dip.

'Doedd hi ddim yn dd'wrnod delfrydol i ddipio
defaid. Roedd hi'n bwrw glaw mân ac roedd hi'n
ganol Tachwedd. 'Doedd Ifor ddim wedi cael cyfla i
drochi 'run ddafad cyn hyn. Ond heddiw roedd yn
rhaid iddo ddipio'r cwbwl neu dorri deddf gwlad.

Roedd Malcym yn oer, yn wlyb ac ar ei gwrcwd
yn y twb dipio tri chwarter gwag. Bob tro roedd o'n
codi llond pwcad dyllog o ddŵr budur o'r twb a'i
gwagio dros yr ymyl, roedd rhywfaint o'r dŵr
drewllyd yn siŵr o lifo'n ôl i fyny ei lawas! Roedd
ganddo boen yn ei gefn a gwayw yn ei goesa bob tro
roedd o'n plygu i lenwi pwcad ac roedd ganddo
swigan gymaint â balŵn o dan ei droed dde ar ôl nôl
defaid o ben y mynydd. Petai'r rheiny wedi bod yr
ochor bella i Mars 'fyddai'r tynnu i fyny i fynd atyn
nhw ddim wedi gallu bod yn llawar c'letach!

Roedd Ifor wrthi'n sgubo'r gorlan yn wyllt wrth
feddwl am y biliyna ar filiyna o jobsus er'ill a oedd
ganddo i'w gneud ar ôl gorffan dipio. Jobsus y

byddai o wedi eu gorffan nhw ers tro byd, wrth gwrs, pe byddai wedi cael llonydd i'w gneud nhw. Llonydd gan bobol, yn enwedig trafeiliwrs blawd. Torrodd y brwsh! Ac wrthi'n brasgamu i'r cwt twls i'w drwshio yr oedd o pan gyrhaeddodd rhyw gar yr iard. Car coch, newydd sbon, llythyran 'D'. Ond cyn i Ifor gyrraedd diogelwch y cwt twls, canodd y dyn ei gorn i ddangos ei fod wedi ei weld o a dechreuodd siarad hyd yn oed cyn iddo ddwad allan o'i gar:

'Ah! Wedi'ch dal chi tro yma, Mr Huws!' gwenodd, a gofyn: 'Sut ma hi arna chi am nyts gaea yma? Gynno ni'r union beth dach chi isio – mics newydd sbon siwtio bob dim – defaid, gwarthaig, bustych, lloua bach, bwjis – rwbath! High in protein. Dim byd curith o. Fydda i'n ei fyta fo'n hun! Am drïo deg tunnall i ddechra, ia Mr Huws?'

Ac os cymrodd y Dyn Blawd ei wynt unwaith yn yr eiliad ddwytha roedd o wedi bod yn slei iawn yn gneud hynny. Ond doedd doniau anadlu na gwerthu trafeiliwrs blawd yn mennu dim ar Ifor.

'Corsydd Mawr?' prysurodd y Dyn i lenwi rhyw ffurflen.

Rhoddodd Ifor hoelan yn y brwsh a gweiddi:

'Sgin i'm amsar. Dw i'n dipio!'

'Pamffledi?' gofynnodd y Dyn yn eiddgar, er i Ifor gau giât y gorlan yn ei wynab. 'Adawa i nhw'n fa'ma, 'lwch.' A rhoddodd dwmpath o'r pamffledi o dan garreg ar ben wal y gorlan. 'Ro i'n nymbr ffôn-adra ar y cardyn hefyd 'lwch, Mr Huws.' A sgribliodd y Dyn yn llawn gobaith, 'Hwyl 'ta, Mr

Huws! Glywa i gynnoch chi'n fuan, ia?'

Ond o'r eiliad y dechreuodd y Dyn fwydro am bamffledi roedd Ifor wedi agor y tap dŵr led y pen i lenwi'r twb dipio. Neidiodd Malcym odd'ar ei gwrcwd ac allan o'r twb lle roedd o wedi meddwl cael smôc slei cyn dechra ar y dipio. Llanwyd y twb ac am ddeg o'r gloch roedd pob dim yn barod. Sychodd Malcym y gawod gynta a dasgwyd i'w wynab gan y ddafad gynta a daflwyd dros ei phen i'r twb. Teimlodd Malcym ei goesa'n crynu'n wantan oddi tano. Roedd pedwar cant o ddefaid i'w dipio ac roedd yn rhaid gafa'l ym mhob un, fesul un, a'u taflu i mewn i'r twb. Ond erbyn ugain munud wedi deg roedd petha'n mynd yn ddigon del. Ifor oedd yn meddwl hynny. 'Doedd gan Malcym ddim byd i'w ddeud. Roedd o'n rhy wan i fedru siarad! Er, mi ofynnodd un cwestiwn:

'Pfyd ma'f inspectof dipio 'ma'n dŵad i gweld chi, Mustyf Huws?' gan obeithio y byddai hynny'n torri ar rediad y gwaith ac yn rhoi cyfla iddo gael eistedd i lawr a chael ei wynt ato. Doedd dim ots am smôc, 'Pfyd mae o'n dwad, Mustyf Huws?' gofynnodd wedyn.

Mwmliodd Ifor rwbath:

'Ddaw o ddim . . . Welis i 'rioed mo'no fo'n dŵad . . . ' a thaflodd ddafad 'styfnig arall dros ei phen i'r twb.

Roedd hi'n dal i fwrw glaw mân ac roedd Malcym wedi dallt o'r diwadd be' oedd pwrpas dillad oel, am nad oedd ganddo fo rai! Ond roedd o wedi cael welintons. Welintons melyn hefo streipan nefi blŵ rownd eu topia. Ond dyna fo, lwcus oedd o fod ei draed o'n digwydd bod yr un faint â rhai Mrs Huws. Bob tro yr âi dafad dros ei phen, teflid ton fawr dros ymyl y twb a chawod arall dros Malcym. Roedd o'n digwydd sefyll mewn lle anffodus bob gafa'l.

Am hannar awr wedi deg gwelodd Malcym gar arall yn cyrraedd yr iard, a phan edrychodd wedyn roedd y Dyn 'sgidia lledar, melyn a chôt colar flewog yn eistedd ar ben giât y gorlan.

'O'ni'n meddwl na fasa chi ddim yn bell, Mr Huws,' cyfarchodd y Dyn Ifor o ben y giât a'i wên ddwywaith yn lletach na hi!

Ond dal i daflu defaid yr oedd Ifor fel tasa'r Dyn ddim yn bod o gwbwl.

'Inspectof wedi cyfadd, Mustyf Huws,' mentrodd Malcym.

'Dyn Blawd ydi o!' ebychodd Ifor gan gydio'n benderfynol yng nghynffon rhyw ddafad a'i swingio i'r twb.

'Defaid chi'n edrach yn dda, Mr Huws! Ga' nhw 'liquid feed' gynnoch chi Gaea 'ma, ma'n siŵr, ca'n . . . ? Spesial o liquid feed gynno ni'n digwydd bod. 'Sna'm byd curith o. Pawb yn 'rardal 'ma'n 'i brynu fo! Dyna pam ddois i yma. 'Cofn iddo fo ddarfod a chitha ddim wedi ca'l peth. Faint gymrwch chi?'

Ond dim ond y defaid oedd yn gwrando ar y Dyn ac un o'r enw Del, hen oen llywa'th, wedi dechra cnoi godra'i drowsus.

'Digonadd o bamffledi i chi, 'lwch. Adawa i nhw'n fa'ma. Fydda i adra ddydd a nos. Jyst ffoniwch.' Ond cyn iddo gyrraedd ei gar, stopiodd a gweiddi: 'Heblaw am wsos nesa. Peidiwch â ffonio wsos nesa. Newydd gofio! Fydda i ar 'n holides yn Sbaen! Wela i chi eto!'

Roedd hi'n ugain munud i un ar ddeg ac roedd Malcym â'i feddwl ar fwyd ac Ifor â'i feddwl ar orffan. Roedd hi'n dal i bigo bwrw a'r gorlan yn mynd yn fwy llithrig dan draed bob munud a phamffledi trafeiliwrs blawd yn glynu o dan welintons Malcym lle bynnag yr âi.

'Inspectof!' gwaeddodd Malcym pan gyrhaeddodd car glân arall yr iard yn annisgwyl.

'Dyn Blawd . . . ma'n siŵr,' damiodd Ifor. Yna gwaeddodd ar Malcym yn sydyn: 'Cuddia!'

Wardiodd y ddau y tu ôl i wal y gorlan fach, a'r eiliad nesa roedd Dyn mewn côt croen dafad yn edrach i lawr ar y ddau ac yn gwenu.

'Hwyl go lew arna chi?' gofynnodd y Dyn yn glên.

Roedd Malcym yn dechra dallt rwan pam nad oedd gan Mr Huws ddim byd i'w ddeud wrth drafeiliwrs blawd. Roeddan nhw fel Pobol Triwant – ar ôl rhywun yn bob man!

''Dach chi'n 'y nghofio fi, Mr Huws? Welis i chi llynadd, do. Cwmni Nyts. Gynno ni ma'r nyts mwya gewch chi! 'Ma fo nghardyn i.'

Ond fel yr ymddangosodd y cardyn bychan o'i bocad, stribedwyd o a'r Dyn gan biswail gwlyb y gorlan pan benderfynodd dafad gymryd gwib a sglefrio ar ei hochr o'i flaen. Sychodd ei wynab hefo'i hancas bocad a gada'l y cardyn brith ar ben y wal.

'Eniwe, ma'i braidd yn wyllt arna fi heddiw. Alwa i rhywbryd eto, 'lwch . . . ' a throediodd yn ofalus ar flaena'i draed allan o'r gorlan gan edrach yn bryderus ar ei gôt.

Ailgydiodd Ifor a Malcym yn y dipio. Ond doedd Malcym ddim yn dallt pam yr oedd cymaint o bobol i'w gweld yn poeni am ddefaid Mr Huws. Oedda nhw'n dena ac ar lwgu? Doeddan nhw ddim yn edrach felly. Ond am ennyd gwelodd Malcym ei hun fel Bob Geldof yn trefnu cyngherdda anfarth led-led y byd i godi prês i brynu bwyd i ddefaid Mr Huws. Ond buan y deffrwyd Malcym o'i synfyfyrion gan ddafad fawr gre yn ei lusgo ar ei fol o un pen o'r gorlan i'r pen arall. Roedd o'n rhy wan i'w dal! Dau fys i drafeiliwrs blawd felly, meddyliodd Malcym wrth sglefrio'n ôl a blaen yn trïo dal y ddafad, a'i wynab a'i ddillad yn bibo drostynt!

Erbyn un ar ddeg roedd Ifor a Malcym wedi dipio hannar y ddiadall er gwaetha trafeiliwrs blawd. Ond roedd Malcym wedi sylwi ar Ifor. Roedd o yr un fath hefo pob joban. Unwaith yr oedd o wedi torri asgwrn cefn y gwaith doedd dim dal arno. Roedd o fel tasa fo'n cyflymu a chyflymu yn ei awydd i gael gorffan, a chael dechra un o'r miloedd jobsus er'ill a oedd ganddo ar y gweill. Felly, cyflymodd yr hel a chyflymodd y taflu nes yr oedd y cyfan yn dechra codi'r bendro ar Malcym. A bu bron i Ifor ei daflu ynta i'r twb pan blygodd i lawr i stwffio coes ei drowsus yn ôl i mewn i'w welinton! Roedd Ifor yn ddidrugaredd wrth ddyn ac anifail yn ei awydd i gael gorffan ac ynta wedi gweld y gola ym mhen draw'r twnal! Rhedodd a sglefriodd Malcym am yn ail i lenwi corlenaid arall o ddefaid. Llithrodd eto, ar un o filoedd pamffledi racs y Trafeiliwrs Blawd, a'r funud honno gwelodd gar arall yn stopio ar yr iard.

'O no! Dim un afall!' meddyliodd Malcym wrtho'i hun a gwaeddodd ar Ifor: 'Un afall, Mustyf Huws.'

Ond cyn i Malcym gael deud mwy, roedd hogyn ifanc yn sefyll wrth ei ymyl, yn sych, yn lân ac mewn welintons a chôt a edrychai'n newydd sbon.

'Mr Huws!' galwodd mewn llais braidd yn ferchetaidd ar Ifor a oedd yn taflu defaid wysg ei ochr fel peli rygbi i'r twb o'i flaen. 'Mr Huws?' galwodd wedyn gan besychu i'w ddwrn. 'Fasa chi'n gallu stopio am funud, os gwelwch chi'n – '

'Na'dra!' chwythodd Ifor drwy'i drwyn yn wyllt, a thaflodd ddafad arall dros ei phen i'r twb nes y trochwyd yr Hogyn gan deidal wêf!

'Newydd ddechra ydw i. Job newydd,' mentrodd yr Hogyn wedyn.

'Yli!' gwaeddodd Ifor. ''Dw i wedi gordro mlawd yn barod – ers gaea dwytha!' a chydiodd yn yr Hogyn gerfydd ei frest a'i godi odd' ar ei draed. 'Dallt?' Yna gollyngodd o.

Ond y funud y teimlodd hwnnw'i draed yn ôl ar y ddaear bagiodd yn ei ddychryn a disgyn ar ei gefn i mewn i'r twb!

Cododd Malcym y clip-board a daflwyd i'r awyr yn y gyflafan, ac ar ben y papur darllenodd: 'AROLWG DIPIO. CORSYDD MAWR. DYDD IAU,

11.00 a.m.'

'Be ydi afolwg, Mustyf Huws?'

Ond doedd dim synnwyr i'w gael gan Ifor, a oedd yn dal i daflu dafad ar ôl dafad i mewn i'r twb dipio!

Y Fuwch

'Rhyfadd 'de,' meddai Marian, y wraig, rhwng ei dannadd a'i thôst a'i marmalêd, wrth droi tudalenna'i dyddiadur. 'Dydan ni'm 'di gweld y Ddynas Seffti 'na ers tro byd rwan, naddo . . . '

'Naddo,' cytunodd Ifor.

Ond roedd ei feddwl o yn rwla arall. Roedd y fuwch yn y beudy yn grwn fel eliffant ac ar ben ei hamsar ers pythefnos ac roedd o wedi gweld mwy ar honno yn y pythefnos dwytha nag a welodd ar ei wraig! Roedd o wedi bod yn codi bob awr o'r nos i gymryd golwg arni. Dyna oedd yn egluro pam yr oedd o wedi bod yn cysgu yn ei ddillad ers wsos ag un goes allan o'r gwely! Ond doedd Ifor ddim yn mynd i gael ei dwyllo. Roedd o'n 'nabod 'stumiau buchod cyflo i'r dim. Roeddan nhw'n treulio'u dyddia a'u horia ola cyn yr enedigaeth yn y beudy, yn gwadu eu bod nhw'n feichiog o gwbwl. Yna'n slei bach, pan na fyddai neb yn edrach, byddai'r fuwch yn geni'r llo a hwnnw'n marw trwy rhyw anffawd neu'i gilydd am nad oedd neb yno i gadw golwg arno! Ond roedd Ifor yn dallt y gêm yn iawn. Dyna pam yr oedd o'n sleifio i weld y fuwch dan sylw bob awr o'r dydd a'r nos ac yn sbecian trwy hollt yn nrws y beudy rhag ei rhishio.

Roedd hi'n fora oer, rhewllyd ac aeth Ifor allan i gael golwg ar y fuwch. Cerddodd ar flaena'i welintons at ffenast y beudy. Ond pan roddodd ei drwyn ar y ffenast drwchus roedd y fuwch wedi codi ei chlustia, yn cnoi ei chil yn braf, ac yn edrach arno! 'Doedd dim golwg am lo.

'Oef, yndydi Mustyf Huws,' chwythodd Malcym gymyla mawr o agar o'i geg ar war Ifor.

'Be ti isio!' neidiodd Ifor gan rythu ar Malcym mewn cymysgadd o ddychryn a blindar.

'Mae'n chwaftaf i naw, Mustyf Huws,' atebodd Malcym hefo'i ddwylo o'r golwg yn ei geseilia a'i ddannadd yn clecian.

'Nos 'ta dydd?' gofynnodd Ifor heb feddwl.

Roedd ei gloc mewnol wedi drysu'n lân.

'Bofa, Mustyf Huws,' a dechreuodd Malcym chwerthin.

'Wel, ti' fod yma erbyn hannar awr wedi wyth!' harthiodd Ifor i gael y gora arno.

'Gin fi ffost beit, Mustyf Huws!' a chwythodd Malcym i'w ddyrna a dawnsio o un droed i'r llall yn ei siacad ledar ddu nad oedd hyd yn oed yn cyrraedd ei fotwm bol. 'Oedd fi'n methu gafa'l yn handls beic fi, Mustyf Huws!'

'Wel, dorro ddŵr i'r fuwch 'na. Gnesith hynny chdi . . . ' ebychodd Ifor yn flin hefo'r fuwch a Malcym ac aeth i roi seilej i'r gwartheg yn y sied.

'Pfyd ceith fi holides fi, Mustyf Huws?'

'Dŵr i'r fuwch 'na!' gwaeddodd Ifor.

Roedd Malcym ynta'n gweddïo bob dydd y byddai'r fuwch wedi bwrw'i llo cyn iddo fo gyrraedd ei waith achos doedd y cafn dŵr yn y beudy ddim yn gweithio. Ar y ffariar yr oedd y bai. Hwnnw stumiodd rhyw beipan wrth dynhau rhyw raff amdani i dynnu rhyw lo Charli mawr a aned yno wyth mlynadd yn ôl. Ond fe gyrhaeddodd bil y ffariar yr un fath yn union, ac heb ei thrwshio yr oedd y beipan byth. A dyna pam yr oedd Malcym yn gorfod cario pwcedeidia o ddŵr o'r tap yn y sied ddefaid ar draws yr iard i'r camal sychedig yn y beudy. Agorodd Malcym y tap. Dim dŵr!

'Mustyf Huws! 'Os na'm dŵf!' gwaeddodd Malcym a rhedag ar ôl Ifor i'r sied ddefaid.

Neidiodd Malcym fel mwnci o flaen y tractor. Ond 'doedd Ifor ddim yn cl'wad dim tu mewn i'r cab.

''Os 'na'm dŵf yn dwad o'f tap, Mustyf Huws!' eglurodd Malcym, fel 'tasa fo erioed wedi gweld y fath odrwydd yn ei fywyd o'r blaen.

Rhegodd Ifor am funud solat a mwmial rwbath am beipan wedi rhewi 'Ma siŵr!' Y funud wedyn gwaeddodd Marian nad oedd diferyn o ddŵr yn y tŷ! Rhuthrodd Ifor i gau'r stop tap, a dyna pryd y gwelodd gaenan drwchus o rew fel llyn mawr ar ganol y cae. Byrst! Cymrodd Ifor olwg ar y fuwch yn y beudy, estyn caib a rhaw a joint plastig o eigion rhyw focs tŵls, a neidio i'r Daihatsu i drwshio'r hollt yn y beipan.

Cafodd Malcym rybudd i gadw golwg ar y fuwch bob yn ail a phorthi'r gwartheg. Toc dychwelodd Ifor â'r gwaith wedi ei orffan. Roedd joints plastig yn betha digon handi! Cymrodd olwg ar y fuwch. Roedd hi'n cnoi ei chil yn braf.

'Dydy'f fuwch byth wedi dwad a llo, Mustyf Huws,' ychwanegodd Malcym yn sylwgar.

Roedd mynd i'r Coleg Amaethyddol, un d'wrnod yr wsos, wedi gadael ei ôl ar Malcym a hynny er gwaeth! Y drwg mwya oedd fod Malcym erbyn hyn wedi dechra ymddiddori rhyw gymaint yn ei waith. Felly, yn lle gofyn cwestiyna fel o'r blaen, roedd Malcym wedi dechra mynd yn feirniadol iawn. Roedd o'n gweld bai ar bob dim oedd gan Ifor ac ar bob dim yr oedd o'n ei neud. Roedd Ifor ynta wedi dechra teimlo fod rhywun yn ei wylio trwy'r amsar ac yn chwythu i lawr ei war.

'Ma'f lechan 'na uwchben dfws beudy yn befig, Mustyf Huws,' pwysleisiodd Malcym.

Peidio cymryd sylw ohono oedd polisi Ifor a rhoi joban iddo'i gneud yn ddigon pell o'i olwg! Duw a ŵyr, roedd digon o betha hanfodol i'w gneud cyn rhyw fanion dibwys fel trwshio llechan ar ben to! Ond roedd Ifor yn bwriadu eu gneud nhw i gyd rhyw dd'wrnod. Roedd o'n mynd i drwshio tolynod y giât lôn, rhoi giatia newydd ym mhob cae, cilia concrit i ddal pob giât a'r cwbwl yn cau heb linyn bêl! Roedd o'n mynd i drwshio to sinc y tŷ gwair a syrthiodd hefo'r daeargryn dwytha, a chlirio'r nialwch o fieri, weiran-bigog, prenia, heyrs a blerwch oedd yn y gadlas. Roedd o'n mynd i godi wynab concrit y gorlan i osod traen newydd sbon fel mai dim ond matar o dynnu plwg fyddai gwagio'r twb dipio wedyn. Roedd o'n mynd i neud troli i symud y weldar o gwmpas y lle, trwshio'r cafn dŵr yn y beudy, trwshio'r lein ddillad a chroncritio'r cowt i'r wraig, a phe câi amsar byddai hyd yn oed yn rhoi hoelan yn y lechan rydd uwchben drws y beudy! Ond jobsus wedi eu cadw at rhyw dd'wrnod glawog yr oeddan nhw. Y draffa'th fodd bynnag, oedd fod y jobsus yn mynd yn fwy niferus bob dydd a'r d'wrnod glawog yn mynd i orfod bod yn debycach i ddilyw cyn y gallai Ifor eu cyflawni nhw i gyd!

Cerddodd Ifor ar flaena'i draed at ddrws y beudy a sbecian ar y fuwch. Ond y funud y cyrhaeddodd, cododd honno'i chlustia a throdd ei phen-ôl (a oedd wedi bod yn ganolbwynt sylw pawb ers wsnosa) tuag at y wal ac edrach ar Ifor. Y funud honno cyrhaeddodd Fford Escort gwyrdd gola yr iard yn ara deg fel car cnebrwng ac wedi ei fwytho fel cath. Bu bron i Ifor â dianc oherwydd roedd o'n 'nabod y car. Ond baglodd ar draws pwcad ddŵr y fuwch a adawodd Malcym yn union lle gollyngodd hi y tu allan i'r beudy.

'Shwt ych chi, Mr Huws?' gofynnodd y ddynas ganol oed, o ran ffurfioldab yn hytrach na chwrteisi, wrth roi ei welintons am ei thraed. Welintons a oedd fel newydd, ond eu bod nhw'n union yr un oed â hi, mae'n debyg.

Yna rhoddodd fenyg am ei dwylo, sgarff am ei gwddw ac ofyrôl wen dros bob dim gan gynnwys ei chôt. Hon oedd y Swyddog Diogelwch Fferm a'r Ddynas Seffti. Gwenodd Ifor yn wirion. Roedd yn rhaid iddo ymdrechu i fod yn glên.

'Y slaten 'na'n edrych yn ddanjeris, Mr Huws,' sylwodd y Ddynas fel barcud.

'Bobol annw'l! Rhew neithiwr, ma'n siŵr! 'Doedd hi ddim fel'na ddoe,' twt-twtiodd Ifor a cheisiodd newid gogwydd y sgwrs. ''Di brifo'ch coes, Mrs Bowen?' gofynnodd.

'Nhrôd, Mr Huws! A wi'n dishgwl y byddwch chi wedi ca'l rhywbeth gwell na chortyn i glwmi gât y ffordd erbyn y tro nesaf!' a henciodd yn ei blaen i chwilio am feia.

Cerddodd Ifor ar ei hôl fel oen llywa'th, a'i awydd i gysgu yn gryfach na'r un i ddadla hefo'r ffurat o'i flaen!

'Tractors, Mr Huws! Ble ma' nhw?' gofynnodd yn bwysig.

'Wel, ma' un tu allan i'r sied. A ma'r llall ar . . . ' A diolchodd iddo sylweddoli beth yr oedd o ar fin ei ddeud, cyn iddo roi ei droed ynddi! Roedd y llall, y Massey bach a oedd ar y ffarm, cyn ei wraig, ar ben yr allt. Sut arall oedd disgwyl i ddyn ei danio ben bora gefn Gaea?

'We ni'n meddwl bo' da chi un arall 'fyd?' edrychodd y Ddynas o'i chwmpas.

'Oes. Ond mae o'n garej. Ca'l 'i drwshio,' atebodd

Ifor heb fath o euogrwydd yn y byd.

'Damwain?' gofynnodd y Ddynas.

'O naci, naci. Jyst cocpit-ffanbelt-y-ffrynt-lodar-wedi-darfod-a-gorfod-cael-heidrolics-newydd,' mwydrodd Ifor.

'O wi'n gweld,' meddai'r Ddynas yn ddoeth gan ddal ei phen ar sgiw bwysig.

Yna cymrodd lwybr llyffant yn ddigon llwyddiannus am bwl, beth bynnag, dros ac heibio'r hen gombein a'r heuwr a'r injian wair a'r heyrs blêr yn y gadlas. Yna baglodd! Bachodd blaen ei welinton yn y weiran lefn a oedd wedi tyfu mor naturiol â dail tafol o'r ddaear dan ei thraed! Daliodd Ifor hi a gwenodd fodfedd o'i thrwyn.

'Ma' hi'n llithrig,' pwysleisiodd Ifor. 'Dim byd gwaeth na welintons am godwm, nagoes,' ychwanegodd yn athronyddol wedyn.

'Nage SLIPO wnes i! Ma' rhywbeth yn sticio mas o'r ddaear!'

Ond cyn iddi gael mwydro mwy a mynd yn ôl i astudio'r fangre, gofynnodd Ifor iddi:

'Fasa chi'n licio panad o . . . ?'

'Faswn i'n hoffi cwrdd â'r bachgen, y bachgen sy'n gwitho 'da chi, Mr Huws,' byrlymodd ar ei draws. 'Ble ma' fe?'

A'r funud honno, fel 'tasa fo'n gneud ati, ymddangosodd Malcym yn chwil o ganol y das wair, yn pesychu, tagu, tishian, rhochian, poeri a mygu am yn ail. Stumia newydd eto i drïo cael gwyliau, wrth gwrs. Ond doedd y Ddynas Diogelwch ddim yn gwybod hynny. Gwingodd Ifor.

'Ble ma'ch mwgyd chi?' gofynnodd i Malcym yn flin.

'Haaaaatshŵ!' tishiodd Malcym i'w hwyneb.

'Mr Huws, 'sda chi fasc i'r bachgen 'ma?' gofynnodd y Ddynas fel taran.

'Methu'n glir a cha'l 'i seis o. Dim un digon bach . . . !' sgriwiodd Ifor ei gap stabal ar ei ben.

'Mr Huws! So chi'n rhoi dewis i fi. Ma fe'n mynd lawr nawr!' A tharodd nodiada ar ei phapur.

'Haaaaatshŵ!' tishiodd Malcym ac yna rhuthrodd i ddweud wrth y Ddynas, fel 'tasa fo am gael marcia llawn: 'Nath chi weld y lechan 'na uwchben – Haaaaatshŵ!'

'Llechen?' gofynnodd y Ddynas yn glustia i gyd.

'Gymrwch chi banad?' gofynnodd Ifor fel melltan!

'Haaaaatshŵ!' gwaeddodd Malcym wedyn nes roedd cawod o wlybania'th dros ffurflenni'r Ddynas.

'Falle bydde dishgled o de yn gwneud daioni i'r Bachgen,' atebodd y Ddynas Diogelwch gan edrach yn bryderus ar Malcym fel 'tasa fo'n enghraifft perffaith o Farmer's Lung!

Roedd Ifor yn falch o gael llonydd a theimlodd rhyw ryddhad mawr pan aeth y Ddynas Seffti a Malcym i'r tŷ. Roedd hi bob amsar yn ddoeth i gynnig panad i bobol fel Swyddogion Iechyd a Diogelwch, y Dyn V.A.T. a'r Rheolwr Banc . . .

Y fuwch! Roedd Ifor wedi anghofio am y fuwch. Aeth i roi tro amdani yn y beudy. Taflodd y drysa'n agorad a rhedodd i mewn. Roedd y fuwch ar ei thraed ac roedd y llo dela a welodd erioed yn un sglefr wrth ei hymyl! 'Del' oedd yr ansoddair a ddefnyddiai Ifor bob amsar i ddisgrifio llo bach byw neu unrhyw beth bach BYW arall a ddeuai a phrês iddo! Rhoddodd hannar pwcedad o nyts i'r hen fuwchan, a dyna pryd y meddyliodd y byddai'n well iddo fo fynd â rhai i'r pum buwch yn y Cae-dan-tŷ hefyd. Roedd y rheiny wedi cael eu hanwybyddu'n ddiweddar am fod Ifor wedi bod yn rhoi cymaint o sylw i'r fuwch yn y beudy. Cododd hannar bagiad o nyts ar ei gefn a cherddodd heibio'r tŷ i'r cae. Agorodd y giât a gweiddi ar y buchod. Ond dim ond pedair ddaeth ato. Roedd y bumed â'i choesau i fyny fel rhyw gerflun modern, chwerthinllyd yng ngwaelod y cae!

Cerddodd yn ei ôl i'r beudy'n flin a thaflodd y bwcad nes yr oedd yn drybowndian yn erbyn un arall! Edrychodd y fuwch yn hurt arno a llyfodd ei thrwyn. Roedd ei phwcad ddŵr yn wag. Cydiodd Ifor yn y bwcad ac aeth at y tap i'r sied ddefaid. Agorodd y tap. Ond doedd dim yn dŵad ohono! Damiodd! Neidiodd i'r Daihatsu a gyrru i'r cae lle cafwyd byrst y bora hwnnw. Ac ymhell cyn iddo gyrraedd y fan gwelodd y dŵr a oedd wedi bod yn colli ers oria yn byrlymu i'r wynab ac yn llifo i lawr y cae. Roedd twll arall yn y beipan! Caeodd y stop tap ac aeth i'r tŷ i ddweud wrth ei wraig am beidio tynnu mwy o ddŵr. Ond roedd o'n rhy hwyr. Roedd Marian wedi bod yn defnyddio'r dŵr poeth trwy'r dydd gan nad oedd dim o'r llall a'r gael ac fel yr oedd Ifor ar fin rhoi ei fawd ar gliciad y drws clywodd y glec fwya annaearol a glywodd erioed!

Eiliad ynghynt gwelodd y Ddynas Seffti yn rhoi ei chwpan ar ei soser yn ofalus. Eiliad yn ddiweddarach ac roedd y tanc dŵr poeth yn y cwpwrdd wrth y stôf wedi ffrwydro!

Diolchodd y Ddynas Seffti, yn grynedig, am y banad.

Wyna

'Fydd petha'n well 'leni, gei di weld.' Cysurodd Marian ei gŵr yn obeithiol.

Roedd y sied ddefaid yn newydd. Ond llinyn bêl oedd yn ei dal hi hefo'i gilydd, fwy neu lai. Roedd gwraig y saer coed wedi cael babi ac roedd weldar y dyn weldio wedi torri ar ganol y job a hwnnw wedi gorfod mynd i John O'Groats i nôl rhyw ddarn iddo. Roedd Ifor yn dal i ddisgwyl iddo fo ddŵad yn ei ôl ers misoedd! Ond hyd nes y dychwelai'r dynion byddai'n rhaid iddo ddibynnu, yn ôl ei arfar, ar linyn bêl. Ac hefo llinyn bêl y clymodd Ifor rhyw hen ddôr ar dalcan y sied, gan ddisgwyl y byddai'r saer coed yn dŵad yn ei ôl i roi drws yno rhywbryd yn y dyfodol. Ond tan hynny, byddai'n rhaid i'r ddôr wneud y tro.

'Mustyf Huws? Ma' Miss Pfeis YTS yn d'eud ceith fi holides i af ôl gweithio am chwech wsos. 'Dw i 'di gneud bfon i wyth mis, Mustyf Huws!' cwynodd Malcym.

'Mm. Cei . . . ' cytunodd Ifor â'i feddwl a'i lygaid yn gyfangwbwl ar y defaid beichiog yn y sied.

'Gfêt! Fofy? Ceith fi nhw fofy, Mustyf Huws?'

neidiodd Malcym i fyny ac i lawr yn wên o glust i glust.

'Ar ôl i'r rhein i gyd ddŵad ag ŵyn!' ychwanegodd Ifor yn gadarn.

'Ooooo, Mustyf Huws . . . !' cwynodd Malcym.

'Cer i neud cinio,' gwaeddodd Ifor.

'Be?!' gofynnodd Malcym mewn penbleth.

'Chips!'

Am y ddeufis canlynol roedd Malcym i weithio yn y tŷ. Er bod dros hannar diadall Ifor yn y sied, a hynny'n arbad iddo redag ar eu hola fel cwningod yng ngolau'r Daihatsu, roedd Marian am ei helpu bob awr o'r dydd hefo'r wyna, 'run fath ag arfar.

Roedd y gwanwyn yn gyfnod prysur a pheryglus iawn. Nid yn gymaint i'r pedwar cant a hannar o ddefaid ond i Ifor! Hwn oedd y tymor, yn anad yr un arall, a wnâi i Ifor deimlo fod defaid yn cael hwyl iawn am ei ben. A'u hwyl fwya' nhw yr adag hon o'r flwyddyn oedd marw! Hynny, wrth gwrs, ar ôl bwyta llond eu bolia am flwyddyn gron a chael pob sylw a thendars. Roeddan nhw wedi cael gwerth cannoedd o bunnoedd o ddôsus ac roeddan nhw wedi cael eu chwistrellu hefo pob math o sothach drud at bob dim nes yr oedd o'n syndod nad oedd eu crwyn nhw'n gollwng! Dilynodd Ifor gynghorion amball drafeiliwr ac amball swyddog o'r Weinyddiaeth Amaeth ac hyd yn oed arbrofi hefo amball ddôs newydd. Ond 'doedd o ddim mymryn haws a phe 'tasa fo'n eu dôshio nhw hefo Lwcosêd! Bob gwanwyn, er gwaetha'i ddannadd, roedda nhw'n marw.

Ar wal y sied gosododd Ifor resi ar resi o boteli ffisig. Ffisig i'w injectio, ffisig i'w ddôshio, ffisig i'w chwistrellu a phob math o eli a thabledi a oedd ar gael yn y byd. Ond roedd o'n gwybod yn barod cyn i'r wyna ddechra na fyddai'r moddion rheiny'n da i ddim unwaith y byddai dafad wedi cymryd yn ei phen i farw!

Bwydodd Ifor y defaid. Ond tra roedd y rhan fwya'n rhuthro'n ddigwilydd, reibus ar ei draws ac yn sglaffio'u siâr eu hunain a siâr pawb arall, roedd ambell un yn gwrthod bwyta o gwbwl! Dafad fynydd Gymreig oedd un o'r rheiny a 'styfnigodd, ac roedd yn well ganddi lwgu ei hun i farwolaeth na bwyta nyts a seilej yn y sied. 'Doedd dim i'w wneud felly ond ei throi hi allan at y defaid er'ill i'r cae y tu ôl i'r sied.

Roedd y defaid yn y cae i wyna sbelan yn ddiweddarach na'r rheiny yn y sied. Felly, ar y defaid yn y sied yr oedd golwg barcud Ifor ar hyn o bryd. Roedd o'n benderfynol nad oedd o'n mynd i golli'r oen cynta 'leni, eto!

'Doedd neb yn falchach na'r ast o weld y rhan fwya o'r defaid o dan do ac ysgydwodd ei chynffon wrth gerddad ar sodla Ifor ar draws yr iard. Penderfynodd Ifor fynd i roi tro o amgylch y defaid yn y cae y tu ôl i'r sied. Jyst rhag ofn. Ond 'doedd y rheiny ddim i ddod ag ŵyn nes y byddai'r defaid yn y sied wedi gorffan ac roedd Ifor wedi mynd i draffa'th mawr i'w didol yn ofalus rhyw fis neu ddau ynghynt. Aeth Ifor a'r ast i'r cae yn y Daihatsu er nad oedd o'n disgwyl gweld oen. Ond yno'n y cae yn gwbwl annisgwyl y cafodd Ifor oen cynta'r tymor eto 'leni. Y Ddafad Slei a ollyngodd allan o'r sied, am nad oedd hi'n bwyta, oedd y fam ac wrth un o walia'r sied yr oedd hi wedi esgor. Roedd yr oen wedi marw wrth gwrs! Cydiodd Ifor yn ei goes a'i daflu i gefn y Daihatsu. Roedd y tymor wyna wedi dechra!

Neidiodd Ifor i'r Daihatsu a gyrru ar ôl y Ddafad Slei a oedd ym mhen pella'r cae erbyn hyn. Yna neidiodd allan cyn i'r Daihatsu stopio a gyrrodd yr ast ar ôl y ddafad. Ond gydag Ifor, yr ast a'r Daihatsu ar y cae, bu'r ddafad yn chwarae ring-a-ring-a-rosus yn llwyddiannus am hydoedd hyd nes y cafodd Ifor afa'l yn ei chynffon! Taflodd hi i gefn y Daihatsu, gneud corlan sgwâr wyth troedfedd o uchder hefo bêls iddi yn y sied a'i chau hi yno. Doedd o ddim yn disgwyl cael oen byw na marw gan 'run o'r defaid er'ill am o leia bythefnos arall. Ffoniodd Harri, Dros-yr-Afon a gofyn iddo am oen llywa'th. Roedd tymor wyna hwnnw yn digwydd bod ynghynt o lawar nag un Ifor, felly'r tebyg oedd y byddai ganddo fo oen i'w gynnig.

Sglefriodd Ifor i ganol iard Dros-yr-Afon a mynd i chwilio am Harri ym mhob sied a chwt yn y lle. Ond yn y gegin y cafodd hyd iddo yn y diwadd â'i draed i fyny o flaen y stôf.

''Di colli dy oen cynta' 'leni,' rhwbiodd Harri'r halan i'r briw.

'Fydd o 'mo'r dwytha . . . !' ebychodd Ifor trwy'i ddannadd.

'Braf ca'l gorffan,' sythodd Harri. ''Mond rhyw un neu ddwy ar ôl . . . '

'Ges ditha golledion, ma'n siŵr . . . ?' awgrymodd Ifor.

'Chollis i 'run. Tymor gora' 'dw i 'di ga'l eto!' broliodd Harri. ''Di ca'l lot o driplets. Fyddi di'n ca'l lot o – '

''Dw i'm yn gwbod eto!' harthiodd Ifor yn ddifynadd, ''Di'r oen gin ti?'

'Siŵr 'mod i wedi ca'l hyndryd pyrsent lambing tro yma eto . . . , ' porthodd Harri.

Ond roedd Ifor yn gw'bod ei fod o'n deud celwydd achos roedd o wedi cael cryn agoriad llygad wrth sbeuna'n y cytia a'r siedia, gynna!

Yn y sied rhwbiodd Ifor yr oen marw ac oen Harri yn ei gilydd. Brefodd, a rhoddodd oen Harri yn y gorlan-fêls hefo'r Ddafad Slei. Gadawodd y cwbwl i Marian, a chanddi hi yr oedd y dasg o geisio darbwyllo'r ddafad 'styfnig mai ei hoen hi, wedi cael anadliad o'r newydd, oedd yr oen oedd wrth ei hymyl. Ond doedd y ddafad ddim yn wirion.

'Fydd petha'n well 'leni, gei di weld,' mentrodd Marian rhyw fora wedyn, bythefnos yn ddiweddarach.

Ond roedd Ifor a hitha yn ei chanol hi! Roedd Ifor wrthi'n gyrru'n wyllt ar y cae, yn y Daihatsu, yn trïo dal rhyw ddafad. Ond tra roedd o'n gneud hynny roedd ŵyn yn cael eu geni ar draws ei gilydd ym mhob cornel ac ar bob wal o'r sied, a phob un ond y mama iawn yn eu hawlio nhw! Roedd rhai ŵyn yn groes, rhai yn dynn, rhai bron a mygu, amball un yn fawr, y rhan fwya yn fach ac yn nychlyd, un pâr o efeilliaid, a'r rhan fwya' (os nad y cwbwl) wedi brwydro i farw ar eu genedigaeth! Roedd Marian yn chwys diferol wrth ruthro o un gorlan i'r llall. Ceisiodd weiddi ar Ifor drwy'r Yorkshire Boarding ond roedd hwnnw a'r ast yn gyrru'n wyllt mewn cylchoedd rownd a rownd y cae yn dal i drïo cornelu'r ddafad.

Yn y tŷ roedd Malcym â'i draed i fyny yn gwylio Ffalabalam a stori am oen bach yn prancio'n ddel yng nghanol rhyw floda lliwgar. Roedd Malcym wrth ei fodd hefo'r gwanwyn a doedd neb yn cega arno fo yn y tŷ. Dim hyd nes i wynab coch, gwyllt Ifor sgrechian trwy ffenast y gegin:

'Dafad . . . Cae . . . Rwan!!' oedd yr unig eiriau a ddalltodd Malcym.

'Ond o' fi'n meddwl ma' cwcio ddudo – ' protestiodd Malcym.

Ond roedd Ifor wedi diflannu. Canodd gorn y Daihatsu yn ddi-daw nes y neidiodd Malcym i mewn iddi a honno'n symud! Roedd Ifor yn rhegi rhyw ddafad neu'i gilydd ond 'doedd Malcym ddim yn dallt. Ond 'doedd hi ddim yn amsar i ofyn cwestiyna.

Ar ôl pythefnos o wyna roedd bron i hannar defaid y sied wedi cael ŵyn ac roedd deg o'r defaid rheiny wedi llwyddo yn eu huchelgais gwanwynol.

Roedda nhw wedi marw. Roedd rhai wedi marw ar enedigaeth, eraill wedi mynnu cael siserian gostus gan y ffariar cyn marw, eraill wedi llwyddo i lwgu eu hunain i farwolaeth ar y slei, ac un hyd yn oed wedi llwyddo i gael hyd i wenwyn llygod mawr a'i fwyta! Doedd y Ddafad Slei yn y gornel byth wedi mabwysiadu ei hoen. Roedd Marian yn cerddad fel sombi o'r sied i'w gwely ac o'i gwely i'r sied ac roedd Ifor yn damio bob cam yno a phob cam o'no a'i dymar yn mynd yn feinach bob d'wrnod! Roedd o'n dal i gofio ei fod o eisio talu am y sied. Ond yn waeth na hynny, roedd o'n dechra ama erbyn hyn os oedd o angan y sied o gwbwl! Roedd y tywydd yn par'a i fod yn fwyn ac yn sych ac roedd llai o golledion o lawar wedi bod hefo'r defaid allan ar y cae. Pam nad oedd hi'n bwrw glaw yn ddidrugaradd neu yn bwrw eira a chenllysg am yn ail fel yr oedd hi'r flwyddyn cynt? Roedd mynydd o ddefaid marw y tu allan i'r sied.

Ond roedd y plant yn mwynhau eu hunain. Roedd cael hannar cant o ŵyn bach del yn chwara' hefo nhw'n y gegin yn sbort! Roedd Nia a Bethan, y ddwy hogan fenga, wrth eu bodda yn cael rhoi llefrith potal i'r ŵyn bach a Robin yn smalio eu saethu nhw hefo gwn gofod. 'Doedd Bethan ddim llawar mwy na'r oen lleia ac yn mwynhau cael swig o'r botal am yn ail â'r oen.

'Geith chi Feis Cfispis i de,' meddai Malcym yn awdurdodol wrth y plant, a'r funud nesa roedd o ar wastad ei gefn o dan y bwrdd ar ôl sglefrio o un pwll dŵr i'r llall. Ond cyn iddo gael cyfla i godi, roedd yr ŵyn bach i gyd ar ei ben, yn cosi a sugno ei drwyn a'i wallt ac yn pwnio'i 'senna. Llanwodd Malcym dair dysgl o Reis Crispis i'r plant a rhoi potal lefrith ar ganol y bwrdd. Ond roedd yn well gan Bethan laeth yr ŵyn bach ac wrth ddal y botal â'i phen i waerad ac ysgwyd digon arni fe neidiodd y deth i ffwrdd. Gorlifodd y llefrith a'r Reis Crispis dros ymyl y ddysgl ac ar ei glin nes nad oedd ond dwy Reis Crispan ar ôl a'r rheiny'n nofio'n unig ar yr wynab. A dyna pryd y cyrhaeddodd Miss Price o'r YTS yn ei sbectol tylluan gron, ei bŵts gwyn a'i chôt laes, ysgafn.

'Helo?' a rhoddodd gnoc ar ddrws y tŷ am yr eildro. 'Helo?' gofynnodd wedyn gan gymryd camau iâr at ddrws y gegin.

'O, haia Miss Preis!' a cheisiodd Malcym gynnal ei wên yng nghanol yr alanast.

Ond roedd ceg agorad Miss Price fel hen archoll hyll, yn hir yn mendio.

'Yda chi . . . yda chi . . . Dim ALLAN yda chi i fod, Malcym?!' gofynnodd mewn syndod blin ac oen bach yn pwnio ar goll o dan ei chôt a dim byd ond ei gynffon gyrliog i'w gweld. 'Lle mae Mr Huws?!' mynnodd yn awdurdodol a brasgamodd allan o'r tŷ hefo hannar cant o ŵyn llywaeth yn ei dilyn a thri phlentyn yn dilyn y rheiny ac yn pwffian chwerthin.

'Dwi'n mynd adfa . . . ' meddai Malcym wrtho'i hun cyn i'r frwydr ddechra a neidiodd ar ei foped heb gofio dim fod tin ei drowsus yn wlyb!

Diflannodd Malcym.

'Mr Huws?' gwaeddodd Miss Price, yn ei llais dyfnaf, y tu allan i'r sied.

Y tu mewn i'r sied torrodd y llinyn bêl a ddaliai'r ddôr, a disgynnodd y ddôr drom ar ben oen Harri a oedd newydd stwffio allan o'r gorlan-fêls. Lladdwyd o yn y fan a'r lle! Ond doedd Ifor ddim mymryn haws â cheryddu'r oen fel y dywedodd Marian wrtho.

'Duw a ŵyr, ma' 'na ddigon ohonyn nhw'n tŷ!' gwaeddodd.

'Agorodd Ifor ddrysa'r sied a thaflu'r oen i ben y mynydd o ddefaid, fodfadd heibio pen Miss Price. Rhoddodd honno sgrech! Ac fel 'tasa'r weithred warthus honno wedi cadarnhau ei daliada blaenorol ynglŷn ag Ifor, brasgamodd at ei char a'i danio. Ond allai hi ddim symud!

'Cerwch â nhw o'r ffordd!' sgrechiodd ar y plant a sgyrnygu ar yr ŵyn.

A'r funud honno daeth Ifor allan o'r sied i ganol y sŵn a heidiodd yr ŵyn bach i gyd yn syth at ei welintons.

'Galw 'ch hun yn ffarmwr!' Gwaeddodd y ddynas. 'Dw i'n mynd i'ch riportio chi i'r R.S.P.C.A.!!'

Concrit

Rhoddodd Ifor dro yn ei wely cynnas. 'Doedd dim ond ychydig oria ers pan grafangiodd i mewn iddo. Dyna oedd drwg cael pobol ddiarth a 'run ohonyn nhw'n symud coes tan wedi un o'r gloch y bora. Ond roedd y gwely'n braf.

Am hannar awr wedi saith deffrwyd Ifor gan sŵn rhwbath trwm fel lorri yn dod i fyny'r lôn. Ond mae'n rhaid mai breuddwydio roedd o.

'Ifor, ma'r lorri 'di cyrra'dd!' pwniodd y wraig o'n ei 'senna.

'Lorri . . . mmm . . . ' a throdd Ifor ar ei ochr unwaith eto.

'Y lorri Ready Mix! C'od!' a rhoddodd bwniad egrach iddo!

Neidiodd Ifor o'i wely ac nid hyd nes iddo weld y lorri wedi bagio'n daclus at giatia'r cowt y cofiodd mai ar gyfar saith o'r gloch y bora hwnnw yr oedd o wedi gofyn am ddau lwyth o Ready Mix i goncritio'r cowt.

'Concritio'r cowt . . . o'r diwadd . . . ' meddyliodd Marian yn braf yn ei gwely a thynnodd y dillad dros ei phen a mynd yn ôl i gysgu.

Roedd hi wedi bod mewn cymaint o wendid ar ôl yr wyna nes y bu'n rhaid iddi gael llond cwpwrdd o dabledi haearn a thonics a ffisig i ddŵad ati'i hun.

Damiodd Ifor bawb a phob dim wrth faglu'n wyllt i lawr y grisia. Doedd 'na'm llonydd i' ga'l! Roedd y wraig wedi bod yn swnian yn gyson, ers y deng mlynadd y buodd hi'n byw yng Nghorsydd Mawr, fod angan concritio'r cowt o flaen y tŷ. Roedd hi'n g'lychu ei thraed wrth fynd i roi dillad ar y lein neu'n troi ei throed ar ryw asgwrn neu yn waeth fyth yn sathru baw ci! Felly, ar benllanw'r swnian, cytunodd Ifor i orchuddio'r ddaear las o flaen y tŷ hefo concrit. A dweud y gwir, 'doedd ganddo ddim dewis ond gneud hynny. Hynny neu orfod bugeilio'r defaid i gyd ar ben ei hun y flwyddyn ganlynol!

Rhoddodd Ifor ei welintons am ei draed ac agorodd y drws. Aeth allan a baglodd ar draws un o'r prenia lefelu a osodwyd o flaen y tŷ y d'wrnod cynt. Sgrialodd trwy ganol y cerrig mân at y lorri.

'Dy ddal di'n dy wely, 'r uffar!' stwffiodd Ned ei grys i mewn i'w drowsus.

'Newydd ddŵad yn ôl i'r tŷ . . . Rhyw ddafad yn sâl,' mwmialodd Ifor yn rhyfeddol o gredadwy.

'Ddadlwytha i hwn rwan 'ta, ia, chief?' gofynnodd Ned.

Ond cyn i Ifor gael cyfla i atab y naill ffordd na'r llall roedd o mewn môr o goncrit g'lyb 'dat ei foga'l ac yn rhwyfo am ei fywyd hefo'i raw. Helpodd Ned o i lefelu'r wynab.

''Fydd y llwyth nesa yma hannar awr 'di wyth. Ocê, chief?' A dringodd Ned yn ôl i mewn i'r lorri i ganlyn ei fol cwrw.

Roedd Ifor yn falch o'i weld o'n mynd er mwyn iddo gael cyfla i eistedd i lawr. Roedd ei gefn yn hollti. Rhoddodd ei raw i bwyso ar wal y tŷ a chymrodd gam at y drws pan sylweddolodd, â'i droed yn yr awyr, mai concrit gwlyb oedd ar y llawr. Achubodd ei hun ac aeth trwy'r drws cefn i'r tŷ. Ond fel yr oedd Ifor ar gyrraedd y gegin trwy'r cefn roedd y plant yn mynd i ddal eu bws mini trwy'r ffrynt. Aeth dau ohonyn nhw dros eu 'sgidia! Damiodd y fam! Chwerthodd y plant gan weld eu hunain wedi eu hanfarwoli yn y concrit. Cysgodd eu tad yn y gadair freichia gan drïo anghofio am y llwyth arall a oedd i gyrraedd ymhen hannar awr.

Cyrhaeddodd yr ail lwyth am hannar awr wedi wyth union, a neidiodd Ifor o'i gadair.

'Lle ddiawl ma'r lembo 'na!' gwylltiodd.

'Doedd y d'wrnod hwn yn ddim gwahanol i 'run d'wrnod arall i Malcym ac yn ôl ei arfar roedd o'n hwyr. A dweud y gwir, roedd Malcym yn gwaethygu yn hytrach na gwella wrth fynd yn ei flaen. Ond cyn dechra dadlwytho'r ail lwyth ar y cowt penderfynodd Marian ei bod hi eisio rhywfaint o ddaear las ar ôl yn y canol, wedi'r cwbwl. Un cylch mawr i blannu bloda.

''Fydd rwbath 'di byta nhw! Ti'n dallt hynny'n 'dwyt!' rhybuddiodd Ifor gan fwytho'i gefn poenus.

Cyrhaeddodd Malcym ar ei foped.

'Oes 'na lot i neud heddiw, Mustyf Huws?' gofynnodd yn obeithiol, fel 'tasa fo ddim wedi gweld y lorri o gwbwl!

'Cydia yn y rhaw 'na!' gwaeddodd Ifor a theimlo brathiad yng ngwaelod ei gefn.

Dechreuodd Ned ddadlwytho'r Ready Mix unwaith eto a dechreuodd Ifor, a Malcym ar ôl iddo orffan ei smôc, rawio'r concrit yn wastad dros y cerrig mân o flaen y tŷ.

Dyna pryd y cyrhaeddodd rhyw ddyn gwallt hir mewn siwmper weu gartra, ac mewn car Beatle a hwnnw'n lliwgar gan sdiceri. 'Wnaeth o ddim byd mwy na gwenu, chwara teg iddo fo. Roedd o wedi sylwi fod pawb yn brysur. Ond 'doedd o ddim am fynd o'no 'chwaith. Roedd Ifor bron â chynnig rhaw iddo fo – ar ei gefn! Roedd y lorri yn dal i droi yn swnllyd. Sŵn fel gro yn cael ei droi mewn Kenwood Mixar.

'Concrit o'r diwadd! 'Dw i 'di disgw'l flynyddoedd am hwn, 'chi,' gwaeddodd Mrs Huws yn llawan gan wenu ar yr hogyn ifanc yr ochr arall i'r giât.

'Fydda i'n meddwl nad oes dim byd tebyg i lysdyfiant naturiol fy hun,' mentrodd yr hogyn.

'O, na finna chwaith. Ond dim pan fydda i isio rhoi dillad ar lein!' chwarddodd Mrs Huws, ar ôl deng mlynadd o wlychu a phoetsio'i thraed.

''Fyddwch chi ddim yn hoffi garddio? Tyfu blodau?' gofynnodd yr hogyn wedyn.

'Byddaf. Ond os na fydd y tywydd yn eu lladd

nhw, mi fydd 'na rwbath arall ar bedair coes yn siwr o 'neud!' eglurodd Mrs Huws o brofiad.

Seibiant. Edrychodd y ddau ar Ifor a Malcym yn tuchan ac yn rhawio nes y llithrodd y tama'd ola o goncrit i lawr y sglefr o'r lorri.

'Oes ganddoch chi ddiddordeb mewn plannu coed, Mr Huws?' gofynnodd yr hogyn fel yr oedd Ifor newydd orffan rhawio.

'Dim heddiw!' gwaeddodd Ifor wrth sythu'i gefn yn ara.

Ond canodd y ffôn i dynnu sylw a rhedodd Mrs Huws i'w atab drwy'r drws cefn.

'Ifor?' gwaeddodd. 'Cyngor Sir isio chdi eto.'

'Dw i'm yma!' gwylltiodd Ifor.

'Dydi o'm yma, ma'n ddrwg gin i,' atebodd Marian. 'Ta-ta!' A rhoddodd y ffôn i lawr.

Diflannodd Ned i olchi ei lorri hefo dŵr-peipan a diflannodd Malcym i gael smôc. 'Doedd o ddim yn credu y byddai o'n cael gwyliau heddiw rywsut, hyd yn oed 'tasa fo'n gofyn amdano fo!

'Mae 'na grant da iawn i'w gael am eu plannu nhw, Mr Huws,' cyhoeddodd yr hogyn wrth ddilyn Ifor i'r tŷ.

Cododd Ifor ei glustia.

'Faswn i'n gallu gneud hefo dipyn o goed 'Dolig i sychu Tonnan Fawr – y gors fwya sy 'ma' meddyliodd Ifor.

'Siwgwr, Mr . . . ?' gofynnodd Mrs Huws hefo panad o dan drwyn yr hogyn.

'Dim diolch. Lampkin. Cadwraeth Cenedlaethol.'

'Ond mae yna un peth, Mr Huws. 'Da chi'n gweld, mae'n rhaid iddyn nhw fod yn goed – '

'Bambŵ, ma'n siŵr!' rhuthrodd Ifor wrth sugno ei de poeth yn swnllyd.

'Coed collddail. Dim ond wrth blannu coedwigoedd naturiol y cewch chi grant . . . 'dach chi'n deall . . . Panad flasus iawn, Mrs Huws. Diolch yn fawr.'

'Harglwydd Mawr, ti'n gwbod faint 'ma coed derw yn gymryd i dyfu?! Fyddan nhw wedi dyfeisio rwbath arall yn lle coed cyn bydd y rheiny wedi egino!' gwaeddodd Ifor.

'Mm,' atebodd Lampkin ac ychwanegu: 'a dydyn nhw ddim yn hoffi lle gwlyb iawn ychwaith.'

'Wel, fydd rhaid i mi feddwl am ffor' arall o sychu'r gors 'na felly'n bydd, washi!'

Pesychodd yr hogyn i'w ddwrn yn gwrtais.

'Falla y medra i eich helpu chi, Mr Huws.' Pesychodd wedyn. 'Dyna pam y dois i yma, a dweud y gwir.'

'Be 'ti'n feddwl?' gofynnodd Ifor mewn llais ymosodol.

'Mae Tonnan Fawr, fel y sonioch chi amdani gynna, o ddiddordeb neilltuol i ni yn y Gadwraeth.'

'Ond 'does 'na ddiawl o ddim byd yno!' gwaeddodd Ifor. 'Fedra i'm hyd yn oed fynd â JCB yno!'

'Mae yno lysieuaeth brin iawn – '

' – Heb sôn am bori'r lle!'

'Ac mae astudiaeth wedi dangos nad yw'r math

hwn o lysieuaeth i'w gael yn unlla arall ym Mhrydain.'

'Tipical! Grêt! Gin i ma'r tir mwya corsiog, ciami ar y blydi ynys 'ma!'

'Rydw i'n credu fod ambell i aderyn prin iawn yn nythu yno hefyd.'

'Adar prin?! 'Dach chi'n poeni am rhyw blydi adar? Be amdana fi?!! Doro ddeg mlynadd arall i fi a fi fydd dy 'Endangered Species' di! Blydi ffarmwr fel fi! Sut wyt ti'n disgw'l i mi fyw? Ar gorn-blydi-chwiglod a brwyn?! Ma'n iawn ar y Barley Barons 'na'n dydi, o ydi, yn ca'l chwalu cloddia a gwrychoedd o King's Lynn i'r Prairies! Ma' nhw'n ocê. Ond be' amdana fi'n gorfod baglu yn ganol corsydd, cerrig a chreigia yn fa'ma?! Eh?!'

' . . . Mr Huws?' pesychodd yr hogyn a llaciodd Ifor ei afa'l yng ngwddw'i siwmper weu! ''Sgynnoch chi ddiddordeb gwerthu?' gofynnodd wedyn.

'Gwerthu? Ti'n sôn am dri chwartar 'n ffarm i!!'

Cododd yr hogyn ar ei draed a dechra bagio yn ei ôl at y drws.

'A ma' Cyngor Sir isio lledu'r lôn bost trw'r unig chwartar glas sgin i!! A hynny am gnau mwnci!!'

'Wel . . . y . . . gewch chi feddwl am y peth, beth bynnag, Mr –Huws . . . Hwyl rwan!'

Ac wrth i Lampkin ffarwelio a diflannu trwy ddrws y cefn, sgrialodd yr ast ar ôl rhyw iâr trwy'r cowt a thrwy ganol y concrit gwlyb!

Yr Ast

'Pam neith chi ffafmio malwod, Mustyf Huws? gofynnodd Malcym wrth i'r ddau gerddad hefo'r ast i'r cae i nôl y defaid.

Roedd y tymor wyna wedi gada'l ei ôl ar Malcym. Roedd o'n teimlo fel 'tasa rhyw ddraciwla mawr wedi sugno'i waed o i gyd ac eithrio un diferyn a adawodd ar ôl iddo fedru llusgo'i hun o gwmpas y lle. 'Doedd Malcym ddim eisio gweld defaid nac ŵyn bach byth eto. Roedd o wedi byw hefo nhw'n llythrennol am ddeufis, yn rhedag ar eu hola, yn llusgo rhai marw allan o'r sied ac yn bwydo ŵyn llywa'th yn ei gwsg. Roedd o wedi cael llond bol arnyn nhw!

Ond 'doedd ganddo ddim gobaith am wyliau rwan achos roedd o wedi ei gael o! Yn union fel yr addawodd Ifor, cafodd Malcym fynd ar ei wyliau y funud y cafodd y ddafad ddwytha ei hoen. Ond roedd Malcym wedi blino gormod i fwynhau ei hun! Yr unig beth a wnaeth o oedd cysgu. Cysgu fel mochyn a deffro ymhen pythefnos i fynd yn ôl at ei waith wedyn. Ac ynta felly, wedi cymryd ei ddeg d'wrnod o wylia i gyd hefo'i gilydd, 'doedd ganddo 'run d'wrnod ar ôl rwan a dim byd i edrach ymlaen ato. Dim byd ond y cneifio!

'Mustyf Huws? Pam neith chi ffafmio malwod?' gofynnodd Malcym wedyn.

'Am bo gin i ast i hel defaid,' ebychodd Ifor trwy gornel ei geg.

Roedd o wedi hen arfar hefo cwestiyna fel hyn gan Malcym bob dydd Gwenar ar ôl dydd Iau Day Release.

'Cer rownd! Cer rownd, Rush!' gwaeddodd a chwibanodd Ifor y gorchymyn i'r ast fynd i nôl y defaid.

Ar amrantiad roedd Rush ym mhen pella'r cae a'r defaid yn sgrialu o'i blaen.

''Ma Rush! 'Ma Rush!' gwaeddodd Ifor wedyn nes roedd y defaid yn symud yn un ddiadall wen fel gwynwy ŵy ar badall ffrio o flaen yr ast.

Roedd hi'n mynd i fod yn dd'wrnod crasboeth ac roedd Malcym yn dechra teimlo'i geseilia'n chwyslyd yn y crys 'T'. Ysgydwodd ei freichia'n llipa. 'Doedd ganddo ddim math o awydd gneud dim byd. Dim hyd yn oed smocio! 'Doedd ganddo ddim 'mynadd. Roedd pob dim angan rhyw ymdrech fawr. Yn wir, roedd Malcym yn edrach fel rhyw byped, ac roedd o'n edrach hyd yn oed yn deneuach na phan ddaeth i Corsydd Mawr bron i naw mis ynghynt.

Roedd y defaid yn nesu at y giât lle safai Ifor a Malcym. Symudodd y ddau o'r ffordd a rhedodd y defaid trwy'r adwy i'r cae agosa at y gorlan. A sylweddolodd Ifor a Malcym tasg mor rhwydd oedd hel defaid i unrhyw le yn y byd hefo cymorth ci defaid neu ast. Yn wir, dim ond joban fechan oedd o'u blaena, sef hel y defaid o'r cae i'r gorlan yn barod i'w cneifio. Sylwodd Malcym ar yr ast. Roedd o'n methu'n glir â dallt sut yr oedd hi'n edrach cystal. Roedd hi hyd yn oed yn edrach fel 'tasa hi wedi ennill pwysa'! Rush oedd enw'r ast. Cafodd ei henwi gan y plant ar ôl eu harwr, a hynny fisoedd lawer cyn iddi hyd yn oed gael ei geni. Ond dim ar y plant yr oedd y bai na chafwyd ci yn yr ael!

''Sa'n ôl! 'Sa'n ôl!' gwaeddodd Ifor a chwibanu ar yr ast rhag iddi rishio gormod ar y defaid ac i'r rheiny ddechra gneud eu campa.

'Isio fi cau giât, Mustyf Huws?' gofynnodd Malcym.

'Nagoes. Ty'd,' atebodd Ifor a cherddad yn hamddenol ar ôl y defaid.

Gadawodd Malcym y giât yn agorad a llusgodd ei draed ar ôl Ifor.

'Cer rownd! Cer rownd!' Gorchmynnodd Ifor yr ast i fynd y tu ôl i'r defaid unwaith eto a'u cyfeirio at y giât i'r iard.

Dechreuodd Rush redag yn ôl ei harfar. Ond yna, ganllath oddi wrth y defaid, arafodd y rhedag yn drotian hamddenol.

'Rush? Cer rownd!!' gwaeddodd a chwibanodd Ifor am yr eildro a'r defaid gwlanog wedi dechra synhwyro erbyn hyn, nad oedd yr ast ar eu hola.

Safodd Malcym mewn syndod ofnus. Roedd yr

ast fel 'tasa hi wedi colli diddordab llwyr yn y ddiadall a oedd yn dechra gwasgaru o'i blaen.

'Be ddiawl . . . ?!' ebychodd Ifor dros y wlad gan daro carrag-atab a atseiniodd ei reg fel rhyw gwcw ugeinia o weithia wedyn. 'Cer rownd! Cer rownd!' gwaeddodd gan chwifio'i ffon a'i freichia'n fygythiol ar yr ast.

Stopiodd yr ast yn stond, troi rownd, ac edrach yn ddwl i wynab candryll Ifor. Roedd y defaid fel brech wen dros y cae i gyd.

'Cer rownd!' Sgrechiodd Ifor, ac ar hynny gorweddodd yr ast yn ei hunfan a'i thafod yn siglo i mewn ac allan i gyfeiliant ei hanadlu cyflym, a'i glafoerion yn hael.

'Welodd Malcym erioed y fath beth o'r blaen. Roedd yr ast fel 'tasa hi ar streic!

'Cer rownd yr AST!!' Sgrechiodd Ifor mewn ymbil gwallgo a thaflodd ei ffon bambŵ at yr ast, a oedd yn dal i orwadd, hyd nes iddi weld y ffon yn fflio tuag ati trwy'r awyr!

Cododd mewn un symudiad cyflym a gyda'i chynffon rhwng ei choesa, a'i chlustia wedi moeli, diflannodd fel gwenci o dan y giât agosa ati.

'Cer i nôl y defaid 'na!' damiodd Ifor Malcym a oedd yn dal i sefyll yn geg agorad wrth ei ymyl.

Dechreuodd Malcym redag. Ond roedd o wedi blino cyn iddo hyd yn oed gyrraedd y giât, y giât a adawodd o'n agorad 'chydig ynghynt. Doedd hi ddim yn dd'wrnod i redag. Roedd hi'n rhy boeth. E'lla mai dyna pam y dihangodd Rush, meddyliodd

Malcym wrtho'i hun. Ond wrth bwyso ar y giât i drïo cael ei wynt ato a gobeithio gweld yr ast yn ymddangos o rwla, gwelodd Malcym olygfa ddigri iawn. Roedd Ifor yn rhedag nerth ei draed ar hyd y cae, ochr yn ochr â rhyw ddafad 'styfnig, yn trïo cael y blaen arni. Ond roedd cael pedair coes yn fantais fawr! Ailgydiodd Malcym ynta yn y rhedag ar ôl bloedd o reg gan Ifor. Roedd Malcym wedi dysgu mwy nag a feddyliodd am ddefaid ar ôl y gwanwyn. Nid anifeiliaid dwl oeddan nhw, a'r camgymeriad mwya a wnaeth erioed oedd meddwl eu bod nhw bob amsar yn dilyn ei gilydd! Roedd defaid Corsydd Mawr, beth bynnag, yn rhai annibynnol iawn!

'Brysia!' gwaeddodd Ifor ar ôl llwyddo i rowndio'i gyfran o o'r ddiadall.

Roedd hi'n naw o'r gloch. Roedd y Cneifiwrs i ddechra am hannar awr wedi naw.

'Gorfadd!' gwaeddodd Ifor ar Malcym pan welodd o'n rhedag fel blaidd ar ôl y defaid trwy'r adwy, rhag ofn i rai ohonyn nhw ddewis ei gwrthod.

Unwyd y ddwy ddiadall unwaith eto a chaeodd Malcym y giât ar ei ôl. (Doedd dim rhaid iddo ofyn i Ifor y tro hwn!) A gyrrwyd y defaid yn eu blaena at giât yr iard.

Roedd hi'n hannar awr wedi naw ac roedd Ifor wedi gweld y Cneifiwrs a'u trelar yn cyrraedd yr iard pan redodd i nôl y defaid o ben pella'r cae. Roeddan nhw wedi gosod y trelar a'r peirianna yn eu lle erbyn hyn, meddyliodd ac yn disgwyl yn eiddgar i gael dechra cneifio. Nesodd y defaid at yr adwy agorad, a'r ddafad gynta wrthi'n synhwyro'r pridd sych o dan ei thrwyn cyn cerddad yn ei blaen yn wyliadwrus. Dechreuodd y lleill bwyso ar ei chefn ac roedd y cwbwl ar fin mynd drwy'r adwy pan daniodd un o'r Cneifiwrs ei injian gneifio! Rhishiodd y defaid a sgrialu i bob cyfeiriad, heibio, trwy neu dros Ifor a Malcym a oedd yn neidio ac yn gweiddi fel mwncïod yn eu wyneba! Dihangodd y defaid, bob un, yn ôl i berfeddion y cae!

'Cer rownd! Cer rownd!' gwaeddodd Ifor yn ei ffwndwr blin ar Malcym.

Rhedodd Malcym unwaith eto a'i wynab llwyd yn fflamgoch. 'Doedd hi ddim yn dd'wrnod i 'run creadur byw redag. Ond roedd dewis Malcym yn gyfyng. Roedd o i redag yr union eiliad honno, neu ddisgwyl eiliad yn hwy a gorfod rhedag milltiroedd ym mhellach. Brasgamodd Ifor ar ei ôl.

Am ddeg o'r gloch cerddodd y Cneifiwrs i'r cae i chwilio am y defaid. Tri hogyn lleol a dwy hogan. Dennodd un o'r genod Maori o Seland Newydd, lygad Malcym yn syth. A dim ond ar ôl i'r pump yn eu festia a'u sgidia fflip-fflops roi help llaw i Ifor a Malcym y llwyddwyd i hel y defaid i mewn i'r gorlan. Fuodd Malcym 'rioed mor ddiolchgar. Roedd ei goesa'n gwegian o'dano ar ôl yr holl redag. Caeodd un o'r Cneifiwrs giât y gorlan yn ddiogel ar y defaid a dechreuodd y ddau arall gneifio.

'Gfêt,' meddyliodd Malcym wrtho'i hun pan sylwodd fod dwy hogan hefo'r giang. 'Fydd dim fhaid i fi lapio gwlân, fwan.'

Doedd Malcym ddim yn bell o'i le 'chwaith oherwydd 'doedd dim rhaid iddo lapio'r gwlân. Ond dim ond UN o'r genod oedd yn gneud hynny. Roedd y llall sef y Maori, yn cneifio hefo'r hogia! Teimlodd Malcym yn llwytach ac yn wannach fyth. Roedd yr hogan dywyll, gref hon yn cneifio mor rhwydd ag yr oedd Mrs Huws yn plicio tatws. Hel gwlân mân oedd job Malcym. Ond daeth ei gyfla i ddangos ei hun i'r hogan Maori pan benderfynodd un o'r defaid cynta a gneifiwyd neidio dros wal yr iard i'r cowt.

'Lle ma'r ast?' gwaeddodd Ifor yn reddfol.

Ond roedd honno'n dal ar goll. Neidiodd Malcym dros wal y cowt ar ôl y ddafad ddigwilydd. Ond doedd Ifor ddim am drafferthu i fynd ar ei hôl. Roedd o'n 'nabod y Ddafad Slei yn well na neb a dyna pam y gadawodd y gwaith o'i dal i Malcym!

Awr yn ddiweddarach roedd Malcym yn dal i drïo dal y ddafad. Roedd y ddau wedi bod yn y cowt, yn y winllan, yn y cwt cŵn, yn y cwt glo, yn yr hen dwlc mochyn, yn y sgubor, yn y tŷ gwair a'r sied ddefaid. Ac roedd Malcym ar ôl dros hannar blwyddyn o brofiad erbyn hyn, yn meddwl yn siwr ei fod o wedi meistroli'r dechneg o ddal defaid. Ond roedd trïo dal y ddafad ddi-wlân, fain hon fel trïo dal pysgodyn hefo'i ddwylo! 'Doedd ganddo ddim syniad sut yr oedd o'n mynd i'w chornelu hi na'i dal hi! 'Doedd dim gwlân i gydio ynddo. 'Doedd ganddo ddim byd i gydio ynddo o ran hynny, dim ond ei chynffon, 'tasa fo'n llwyddo i gael gafael ar honno!

Ond o'r diwadd, cornelodd Malcym hi rhwng y

car a'r tanc oel yn y garej. Chwythodd arno trwy'i thrwyn yn sydyn, a tharodd un o'i thraed blaen yn styfnig ar y llawr. Nesodd Malcym nes yr oedd o'n gallu gweld ei hun yng nghanwylla hirion ei llygaid hi. Cododd ei fraich i fyny o'i flaen ac fel yr oedd o'n mynd i ruthro'r ddafad, neidiodd honno tuag ato a rhoi hergwd iddo nes y disgynnodd ar ei ochr! Henciodd Malcym ar ei hôl â'i ben-glin yn brifo.

'Y bloda!' Sgrechiodd Mrs Huws yn fygythiol gan guro ar ffenast y gegin.

Y cylch mawr o bridd, yng nghanol môr o goncrit y cowt, oedd yr unig ddarn o ddaear flodeuog ar y ffarm i gyd. Dyna pam, mae'n debyg, y dewisodd y ddafad redag trwy'u canol nhw nes yr oedd petala lliwgar yn gawodydd blêr dros y concrit i gyd.

'Daliwch hi!' gwaeddodd Mrs Huws yn ddialgar, ac ar y floedd honno digwyddodd rhwbath i Malcym.

Mylliodd a dechreuodd sgyrnygu fel ci ar y ddafad. Cododd honno'i chlustia i edrach arno. Aeth ei wynab yn biws, hyll ac yn gandryll a chafodd rhyw nerth newydd i'w goesa. Neidiodd y ddafad dros y clawdd i'r winllan, unwaith eto, a suddodd at ei cheseilia mewn ffos ddrewllyd, ddu cyn gwingo a chrafangio oddi yno. Brwydrodd Malcym trwy'r drain a'r mieri ar ei hôl nes yr oedd o'n gaci mwnci drosto.

Ar ôl chwilio'n wyllt, cafodd hyd i'r ddafad yng nghornel bella rhyw gwt prenia a nialwch o bob math. Ond dychrynodd Malcym! Roedd llygaid y ddafad yn goleuo fel lampa Chernobyl-Traws-Wylfa meddyliodd wrtho'i hun a sgrechiodd dros y greadigaeth! Roedd y Cneifiwrs ac Ifor ar eu ffordd i'r tŷ i gael eu cinio pan glywyd y sgrechian. Aethant i'r cwt i weld beth oedd yn bod. Roedd Malcym yn pwyso ar y drws ac yn crynu fel 'tasa fo wedi cael sioc ofnadwy. Roedd llygaid y ddafad yn dal i ddisgleirio ym mhen pella'r cwt. Aeth un o'r hogia dros y prenia i nôl y ddafad a daliodd yr hogan Maori hi yn y drws! Diolchodd Ifor iddi.

Ond wrth blygu i lawr i gymryd y ddafad o ddwylo'r hogan, gwelodd Ifor yr ast a phedwar ci bach yn swatio o dan y prenia.

Gwyliau

'Holi-dês! Holi-dês! Isio mynd! Isio mynd!' swniodd y plant gan neidio i fyny ac i lawr o flaen Ifor lle bynnag yr âi.

Y fisitors oedd y drwg. Roeddan nhw'n gorfeddian yn ddiog o dan drwyn rhywun bob munud, yn hannar noeth mewn sbectols haul ac yn drewi o ogla tywod. Yn waeth fyth, fel yr âi'r wsnosa rhagddynt 'doedd Ifor ddim yn gallu gwahaniaethu rhwng ei wraig a'i blant, a'r fisitors! 'Doedd dim posib cael cinio na swpar yn ei bryd, a bob tro roedd o eisio mynd i'r toilet roeddan nhw'n fanno hefyd! Yna bob nos pan lusgai Ifor i'r tŷ tua deg, yn barod i fynd i'w wely, roeddan nhw yno yn un haid wrth fwrdd y gegin yn disgwyl amdano i chwara' cardia.

Hyd y gwelai Ifor dim ond un peth da oedd o blaid fisitors. Eu prês nhw. Ond gallai restru llawar mwy o betha yn eu herbyn nhw. Yn un peth roedd eu dyfodiad wedi ei orfodi i roi enw'r ffarm ar ben y lôn ac roedd hynny, wrth gwrs, yn ei gneud hi'n haws i Drafeiliwrs Blawd, a phawb arall nad oedd o eisiau eu gweld nhw, gael hyd iddo! Ond wedyn roedd diodda fisitors am wsnos neu ddwy yn yr ha' yn well na'u cael nhw dan draed ar hyd y flwyddyn, yn gwrthod bagio yn eu ceir ac yn gwrthod cau giatia!

'Isio holides! Isio holides!' Roedd y plant yn dal i ddawnsio o'i gwmpas hyd nes yr ildiodd yn y diwadd, er mwyn cael heddwch.

'Iawn! Iawn! Dydd Sadwrn. Awn ni dydd Sadwrn!' gwaeddodd Ifor cyn iddo sylweddoli'n iawn be' roedd o wedi'i ddeud!

''Dan ni'n ca'l mynd am holides! 'Dan ni'n ca'l mynd am holides!' dawnsiodd y plant a diflannu i chwilio am eu dillad nofio i'w rhoi yn y garafan yn barod.

Roedd hi wedi bod yn braf ers wsnosa a thrwy gydol y cynhaea seilej! Ond, wrth gwrs, 'doedd dim rhaid cael tywydd gwair i wneud seilej. Dyna oedd ei ogoniant. Ac roedd Ifor gyda help contractwyr lleol wedi llwyddo i lenwi'r pit at ei ymylon a gneud rhywfaint o big bêls. Roedd y fisitors wedi bod o dan draed trwy'r cyfnod hwnnw hefyd ac roedd hi'n syndod nad oedd Ifor wedi rowlio un neu ddau ohonyn nhw (yn gymysg hefo'r seilej) yn y pit!

Dim ond gobeithio y byddai'r tywydd braf yn para 'rwan er mwyn iddo gael y gwair i mewn. Dim ond un cae gwair oedd ganddo, fel yr oedd hi'n digwydd bod, a phe byddai'r tywydd yn dal, byddai'r cae cyfan o dan do, yn rhwydd, erbyn dydd Gwenar. Yna ar y dydd Sadwrn byddai pawb yn barod i gychwyn ar eu gwyliau. Fyddai Ifor ddim wedi trafferthu i 'neud gwair o gwbwl, a dweud y gwir, oni bai ei fod o angan y llinyn bêl!

Byddai Malcym wedi mwynhau'r tymor hwn. Cael gyrru tractor a threlar yn ôl a blaen, yn cario a dadlwytho'r seilej. Ond fedrodd Malcym ddim edrach ar ddafad ar ôl y cneifio, heb sôn am fedru wynebu eu dôshio a'u dipio nhw am yr ail neu'r trydydd tro mewn blwyddyn! Ffendiodd y meddyg rhyw enw hyd braich am ei waeledd. Ond roedd Ifor wedi byw hefo'r afiechyd ers pum mlynedd ar hugain, a gair byr iawn oedd ganddo fo i'w ddisgrifio. Dafad!

'Faint o bolion teliffôn sydd ganddoch chi ar y fferm i gyd Ivor' holodd Ken y fisitor, ddau gam y tu ôl i Ifor a oedd yn gobeithio gallu cyrraedd drws y tractor o'i flaen.

Ond 'doedd Ifor ddim yn ddigon sydyn, oherwydd pan ddringodd Ifor i mewn i'r tractor trwy un drws dringodd Ken i'w gyfarfod trwy'r llall. Eisteddodd Ifor a thaniodd y tractor, a rhannodd gyfyngdar y cab hefo'r fisitor. Yna fodfadd oddi wrth drwyn Ifor edrychodd Ken trwy'i gamera a thynnodd ei lun. Rhwng yr iard a'r gadlas atebodd Ifor wyth ar hugain o gwestiyna. Yn y gadlas bagiodd Ifor at yr injian dorri gwair a bob tro yr âi allan o'r tractor, neu yn ôl i mewn iddo, petai ond i estyn pin, roedd Ken yno.

'Pa bryd y dyfeisiwyd y tractor cyntaf erioed, Ivor?'

Rhoddodd Ifor y pin olaf i ddal yr injian wair yn ei lle. Cododd y jac a neidiodd i mewn i'r tractor.

Ond cyn iddo gael eistedd, roedd Ken yno led blewyn o'i drwyn! Gwaeddodd Ifor rwbath am ddiogelwch ffarm a gadael y fisitor ar ôl yn y gadlas.

Yn y cae dechreuodd Ifor ladd y gwair yn bwyllog, ofalus o amgylch y cloddia, rhag ofn iddo gael carreg a malu'r injian. Dim ond am dridia go lew eto yr oedd o eisio i'r tywydd crasboeth bara a byddai'n gallu cadw'i addewid. A gyda'r haul yn taro'n danbaid trwy ffenestri'r tractor 'doedd dim arwydd i gredu y byddai'n diflannu fyth! Roedd coes dde Ifor yn dal i frifo ar ôl rowlio cymaint ar y seilej yn y pit, ac wrth fwytho'i goes roedd y syniad o wyliau yn dechra apelio ato ynta erbyn hyn hefyd. Ond ei wyliau delfrydol o fyddai cael rhoi weiran letrig ar draws y giât lôn, malu'r ffôn, y teledu a'r weiarles hefo gordd, cloi drws y tŷ, llyncu'r goriad a chysgu â'i draed i fyny ar y stôf yn y gegin!

Roedd yr injian yn torri'n dda ac roedd o wedi torri'r wana' gynta o amgylch y cae pan wnaeth y sym yn sydyn yn ei ben y byddai'r gwair yn siwr o fod wedi cynhaeafu 'mhen d'wrnod. D'wrnod arall i'w felio a'i gario ac fe fyddai'r cwbwl o dan do yn braf erbyn dydd Gwenar.

'Symud y ffŵl!!' sgrechiodd Ifor.

Roedd Ken yn sefyll yn union ar lwybr Ifor ac yn edrach yn syth i fyny ar ryw ryfeddod trwy'i sbenglas, fel 'tasa fo ar Saffari.

'Symud!!' gwaeddodd Ifor wedyn, ond yn ofer, oherwydd roedd sŵn yr injian a'r tractor yn boddi ei lais.

Ar ôl eiliad fer o betruso trodd Ifor y llyw yn sydyn nes tarodd yr injian y clawdd a gneud sŵn fel lorri Ready Mix yn dadlwytho!

'Anhygoel! Dwi'n siŵr mod i newydd weld brân!' ebychodd Ken yn llawn cynnwrf pan ddaeth i fusnesu beth oedd wedi digwydd i Ifor.

'Be ddiawl oedda chdi'n . . . !' ymbwyllodd Ifor oherwydd roedd y dyn yn rhy ddwl hyd yn oed i ddallt be' oedd cerydd.

'Sŵn rhyfadd yn dod o'r peiriant yma, Ifor?' awgrymodd Ken wedyn wrth nesu at yr alanast fawr.

'Pam ddiawl na' ei di i saethu brain neu rwbath!!'

'Ah! Own i YN mynd i ofyn i chi, Ivor. Syniad da! Dw i'n meddwl yr âi i nôl fy ngwn rwan!' A thynnodd lun o'r olygfa cyn diflannu.

Bu Ifor yn y Dre am weddill y d'wrnod yn trïo cael darna newydd i'r injian. Ond roedd pawb ar ei wyliau. Yna o'r diwedd cafodd hyd i rywun. Hogyn ar YTS. Ond erbyn hynny roedd o'n falch o weld unrhyw un!

Pan gyrhaeddodd yn ôl adra a hitha ymhell wedi chwech, gorffennodd dorri'r cae ac aeth yn syth i'w wely.

Ben bora'r d'wrnod canlynol galwodd Ken:

'Ivor? Ivor?' fel yr oedd Ifor yn trïo sleifio allan o'r tŷ.

'Be?' gofynnodd Ifor rhwng ei ddannadd heb hyd yn oed sefyll i wrando.

'Ges i ddwy! Roeddan nhw'n sefyll reit ar ben y

big bêls,' eglurodd yn gynhyrfus.

Stopiodd Ifor yn stond pan glywodd y ddau air olaf nes yr oedd ei sgidia hoelion yn sglefrio ar yr iard.

'Be ddiawl . . . ?!!' bloeddiodd Ifor a rhedag nes yr oedd gwreichion yn tasgu o'i sodla.

Cyrhaeddodd y gadlas ac yno, yn y gornel lle roedd y bagia duon mawr, safodd yn hir heb ollwng chwyth.

'Be 'da chi'n feddwl, Ivor? Eh? Ylwch, ges i hon reit rhwng ei llygaid myn cythraul i!' cynhyrfodd Kenneth yn fwy fyth.

Ond nid y brain marw dynnodd sylw Ifor, ond y tyllau haels a oedd fel pupur dros y bagia plastig i gyd. Gadawodd Ifor y Fisitor wrth y bagia, yn siarad hefo'r ddwy frân, ac aeth i'r tŷ i ddweud wrth y plant am fynd i roi tâp dros bob twll yn y big bêls. Rhuthrodd y rheiny heb gwyno, yn eu hawydd i gael gwyliau! Roedd Ifor ynta, erbyn hyn yn edrach ymlaen at gael gwyliau, 'tasa ond i gael dianc rhag Ken! A pho fwyaf o rwystra a ddeuai ar ei lwybr, mwya penderfynol fyth yr oedd Ifor o gael mynd ar ei wyliau ddydd Gwener, fel yr addawodd. Aeth i'r cae a chwalodd y gwair trwy'r dydd. Gyda lwc, byddai'n barod i'w roi mewn rhenci, ei felio a'i gario i'r tŷ gwair y d'wrnod canlynol, sef dydd Merchar.

Ond rhywbryd yn ystod y nos cafodd yr awyr gamdreuliad cynddeiriog ac annisgwyl a bu'n bwrw clapia o ddagra trwy'r nos a'r dydd. Ond 'doeddan nhw'n ddim byd ond cawod o'u cymharu â'r rhaeadra a oedd yn llifo dros focha'r plant yn y tŷ. Bu'n bwrw glaw yn ddibaid am ddau dd'wrnod.

Ar y dydd Gwenar doedd dim golwg fod 'run o arolygon y tywydd, y tu allan na'r tu mewn yn mynd i wella, felly penderfynodd Ifor am y tro cynta yn ei fywyd i adael y gwair i gythra'l, a mynd ar ei wyliau.

Roedd y garafan wedi ei llwytho ers dyddia. Bachwyd hi ar du ôl y car, clowyd drysa'r tŷ a chychwynnodd y teulu i lawr y lôn. 'Doedd ganddyn nhw ddim syniad i ble roeddan nhw am fynd, ond i'r dde y troeson nhw ar waelod y lôn. Pe 'tasa nhw wedi troi i'r chwith e'lla y byddai petha wedi bod yn wahanol. Ond i'r dde yr aethon nhw ac ar ôl mynd am gwta filltir gwelodd Ifor ddefaid ac ŵyn yn pori ar ochra'r ffordd. Ei ddefaid a'i ŵyn o oeddan nhw! Stopiodd y car a neidiodd allan. Erbyn gweld, y dynion Cyngor Sir oedd wedi tynnu'r hen ffens i lawr, rhwng y cae a'r ffordd, cyn codi'r un newydd yn ei lle! A dyna pam roedd dros hannar cant a mwy o'i ddefaid a'i ŵyn o yn crwydro'n hamddenol o un ochr o'r ffordd i'r llall, yn cael blewyn fan hyn a blewyn fan draw.

'Shhhwwwwwwwwŵ!' gwaeddodd y plant a chwibanodd Ifor.

Stopiodd y car a ddaeth o'r cyfeiriad arall, a helpodd y dyn i gyfeirio'r ffoaduriaid yn ôl i'r cae. Ond byddai'n rhaid eu hel i gae arall rwan, neu yn eu hola y bydden nhw'n ddi-oed. Yr oedd Ifor ar fin diolch i'r gŵr bonheddig o'i flaen pan ofynnodd hwnnw:

'Mr Huws, ia? YN dwad i'ch gweld chi ro'wn i rwan: V.A.T.'

'Dydw i'm adra. 'Dw i 'di mynd ar 'y ngwylia!' a neidiodd Ifor i'w gar gan weiddi ar y dynion Cyngor Sir i hel y defaid i gae arall.

Ond ar ôl teithio am bum milltir dechreuodd Ifor deimlo'n anniddig a gwingodd yn anghyfforddus yn ei sêt. Roedd llygedyn o haul yn stwffio'i fys trwy'r cymyla ac yn taro ar ffenast flaen y car ac ar wynab Ifor. Roedd hi'n mynd i fod yn dd'wrnod braf a 'doedd o'n gallu gweld dim byd yn unlla ond ei gae gwair o'i hun ar ei hannar! Yn waeth fyth roedd o'n pasio ffarmwrs eri'll a oedd yn brysur yn eu caea, yn chwalu gwair g'lyb y ddau dd'wrnod cynt.

'Well i ni ga'l petrol,' crybwyllodd y wraig, yn llawan, hannar milltir cyn iddyn nhw gyrra'dd y garej.

Ond hwnnw oedd y camgymeriad mwya a wnaeth hi. Arafodd Ifor a stopio yn y garej. Aeth allan o'r car.

'Huws? Sut w'ti? 'Ti'm wedi anghofio 's bosib?' gofynnodd dyn o'r Weinyddiaeth Amaeth iddo gan edrach ar y garafan.

'Y?' gwaeddodd Ifor yn fyddar yng nghanol sŵn y traffig.

'Alwa i rhywbryd eto, ia?' awgrymodd y dyn wedyn, ar ôl gweld wynab surbwch y wraig.

'Galw i be, 'da?' holodd Ifor yn anghofus.

'Cyfri'r buchod. Pnawn 'ma i fod. Ar 'n ffor' acw

o'n i rwan,' eglurodd y dyn gan geisio troi'i gefn ar Mrs Huws.

Gweddnewidiodd wynab Ifor! Grant Buchod?

'Dw i'n mynd adra!' cyhoeddodd yn llawan, trwy ffenast y car llawn, a chymryd lifft gan y dyn.

Gafliodd y wraig dros y gêr a'r brêc-llaw i sêt y dreifar a chychwynnodd pedwar ar eu gwyliau, yn union yr un fath â'r flwyddyn cynt!